（插图收藏本）

5

感悟民间哲理智慧

民俗·民风·民艺

司马榆林◎编著

河南文艺出版社

图书在版编目(CIP)数据

民俗·民风·民艺:感悟民间哲理智慧/司马榆林
编著. —郑州:河南文艺出版社,2013.12(2016.7 重印)
(青少年趣味故事馆)
ISBN 978-7-80765-908-2

Ⅰ.①民…　Ⅱ.①司…　Ⅲ.①故事-作品集-中国
-当代　Ⅳ.①I247.8

中国版本图书馆 CIP 数据核字(2014)第 002702 号

出版发行	河南文艺出版社
本社地址	郑州市鑫苑路 18 号 11 栋
邮政编码	450011
售书热线	0371-65379196
承印单位	河南日报报业集团有限公司彩印厂
经销单位	新华书店
纸张规格	700 毫米×1000 毫米　1/16
印　　张	9.25
字　　数	104 000
版　　次	2013 年 12 月第 1 版
印　　次	2016 年 7 月第 2 次印刷
定　　价	18.00 元

目　录

第四章　饮食文化

第五章　建筑的文化

第六章　人生礼仪

第八章　信仰文化

第九章　民间艺术

第一章 节日文化

腊月扫尘日

　　民间在腊月二十三祭完灶后，到腊月二十七这段时间叫"扫尘日"、"除尘日"。因为扫尘是为了迎接春节的到来，又称"迎春日"。北方称为扫房、除残、打尘埃，南方叫做掸尘、除尘等。不管怎么叫，其实就是年终大扫除。这是我国素有的、良好的讲究卫生的传统习俗。

　　每逢春节来临，大江南北，家家户户都要打扫屋内和庭院，掸拂尘埃蛛网，拆洗被褥窗帘，清洗各种器具，甚至包括沐发洗浴，然后糊上新窗纸，贴上大红窗花，到处呈现出一片欢欢喜喜、干干净净迎新年的欢乐气氛。

　　我国春节前扫尘的风俗形成较早，《吕氏春秋》中已有记载，在尧舜时代就有春节前扫尘的习俗。因民间认为，"尘"与"陈"谐音，其用意是把一切"穷气"、"晦气"扫出门，有除陈布新、辞旧迎新、除灾迎福之寓意。宋吴自牧《梦粱录》亦记有："十二月尽，俗云月穷岁尽之日，谓之除夜，士庶家不以大小家，俱洒扫门闾，去埃秽，净庭户。"清秦嘉谟《月令粹编》云："十二月二十四日扫屋尘，名曰'除残'。"清顾禄《清嘉录》云："腊将残，择宪书宜扫舍宇日，去庭户尘秽。或在二十

1

三日、二十四日及二十七日者，俗呼'打尘埃'。"可见，扫尘的风俗由来已久。古时扫尘的日子也不确定，二十三日至二十七日均可。

据说，腊月扫尘原本是避邪除祟的，民间又叫"收瘟鬼"。这虽然是种迷信说法，但春节前打扫卫生，确是净化环境、有利于健康的优良传统。

古代有关尘的由来，民间还流传着一个诡异有趣的故事。古人传说，每个人身上都附有一个三尸神，他一直形影不离地跟随着人，监察人的行为。

三尸神是个爱拨弄是非、阿谀奉承、制造事端的邪神，经常在玉帝面前把人间说得丑陋不堪。久而久之，玉帝认为人间是个充满罪恶的肮脏世界。

有一次，三尸神又在玉帝面前挑拨说人间在咒骂玉帝，想犯乱谋反天庭。玉皇大帝大怒，立即降旨诸神查明人间犯乱之事，对凡是咒骂神灵的人家，将其罪行均记录簿上，再让蜘蛛

织网为记，在除夕之夜派灵官下界，把凡是有蛛网做记号之家满门抄杀。三尸神见此计得逞，暗暗高兴，乘机下凡界把每家屋檐墙角都让蜘蛛布上网做记，好让灵官来个斩尽杀绝。

灶神得知三尸神行恶作案之事，非常焦急，但又不能向人们讲明三尸神的阴谋，只好立即通知各家灶神在腊月二十三送灶之日到除夕迎灶前，要把房屋打扫得干干净净，特别是蛛网尘秽一定要清除，不然灶神就拒不进门。每家都按照灶神之嘱，清扫庭院，掸除蛛网，洗净器皿，焕然一新。

除夕之夜，灵官遵照玉帝的旨意下界来察看人间时，见家家户户干干净净，窗明几净，灯火辉煌，合家欢聚，祥和安乐，美好无比，不像三尸神所说的那样。灵官更找不到结有蛛网的记号，心中十分奇怪，急忙赶回天庭向玉帝禀报。玉皇大帝一听，立即押来三尸神审问。三尸神见阴谋暴露，只好如实招来，玉帝责令打三尸神三百鞭，并打入天牢。

由于灶神的好心搭救，人间免遭了一次劫难。人们为了感谢灶神为人间消灾除祟、赐福降祥，每年都从腊月二十三到春节前把房屋打扫得干干净净，好在除夕之夜迎接灶神回来，保佑一家人的平安吉祥。

关于在腊月二十三到二十七扫尘的习俗，在曹雪芹的《红楼梦》第五十三回中就有描写："小厮们抬围屏，擦抹几案、金银供器……"说明清代人们就已经重视在腊月二十三扫尘了。

随着历史的变迁，现在很多风俗已被淡忘，而春节前扫尘却已成为文明习俗，仍然保留着。

贴春联的习俗

新春佳节来临，家家户户将五彩缤纷的门画、大红的春联贴于门上，顿觉万象更新，大地回春，一种节日热闹喜庆的气氛扑面而来。

春节贴门神、春联，是我国的一个重要传统习俗。门神在我国起源较早，有说是起源于黄帝时期。《三教源流搜神大全》记有：东海度朔山有大桃树，蟠曲三千里，其卑枝向东北，曰鬼门，万鬼出入也。有二神，一曰神荼，一曰郁垒，主阅领众鬼之出入者，执以饲虎，于是黄帝法而象之，因立桃板于门户上，画神荼、郁垒，以御凶鬼。此则桃板之制也。盖其起自黄帝，故今世画神像于板上，犹于其下书"左神荼"、"右郁垒"，以元日置之门户也。

认为悬挂门神神荼、郁垒像起源于黄帝时期，有些牵强附会。但贴门神的习俗始于我国汉代，是比较可信，也是有据可查的。汉王充《论衡·订鬼》云："凶祸之家，或见蜚尸，或见走凶，或见人形，三者皆鬼也。或谓之鬼，或谓之凶，或谓之魅，或谓之魑。"因为，先民们早有鬼魅观念，汉代迷信鬼魅更甚。春节喜庆之日，为防鬼魅入室作祟，危害家人，用桃木刻制神荼、郁垒二神像，立于门户，这是可信的，也是自然的。

那么，古代为什么要用桃木刻绘神荼、郁垒二位吉祥神像呢？这是基于古人对桃木驱邪功能的崇拜。《典术》云："桃乃西方之木，五木之精，仙木也，味辛、气恶，故能压伐邪气，制百鬼。"用桃木画神荼、郁垒二位吉祥神以驱鬼，在古代典籍中记载较多，据汉末应劭《风俗通义·祀典》载：上古之时，有神仙兄弟二人，一名神荼，一名郁垒，居住于风景秀丽的度朔山下。山上有一棵蟠曲三千里的大桃树，就像一扇天然的大门。度朔山上有各种妖魔鬼怪，出门就要经过这扇鬼门。玉帝为防鬼怪下山到人间作祟，就让神荼、郁垒把守在门口，如果发现有鬼怪下山祸害人类，便用苇索捆缚起来喂老虎。从此，人们便把神荼、郁垒崇拜为驱鬼魅、保平安的吉祥门神。过年时，便用两根桃木刻成神荼、郁垒像，置于门户，以示驱鬼压邪。汉张衡《东京赋》就记有："度朔作梗，守以郁垒，神荼副焉，对操索苇。"是说以度朔山桃木做材料，刻神荼、郁垒，手中拿有苇索缚鬼。

魏晋南北朝后，由于木雕人像太费事，人们便用桃木板分别画上神荼、郁垒的像，有的干脆就写上两人的名字，称作桃符。南朝梁宗懔《荆楚岁时记》云："岁旦，绘二神披甲执钺，贴户左右，左神荼，右郁垒，俗谓之门神。"

到了唐朝，以神荼、郁垒为门神的同时，又出现了以历史人物和传说人物为对象的门神。唐代就出现了以钟馗、尉迟恭（字敬德）、秦琼（字叔宝）为对象的门神。

关于以尉迟恭、秦琼做门神，历史上还有一个典故。据《三教源流搜神大全》载：唐太宗李世民患病不愈，总觉寝宫外每晚都有鬼魅往屋内扔砖瓦，奇呼怪叫，夜不得安寝。唐太宗便将此事告诉群臣。唐开国功臣大将秦琼和尉迟恭自愿在寝宫门口为皇上守夜驱鬼。唐太宗同意后，两人披盔戴甲，手执武器，坚守了一夜。这一夜果然没有鬼魅惊扰，唐太宗睡了个好觉。接连几天都是如此，唐太宗身体、精神逐渐康复。唐太宗不忍心两位大将每晚为自己守夜，就命画工将两位大将的威武形象画下来，贴于门上，仍然有效。后来，此事传到民间，百姓也以秦琼和尉迟恭画像为门神，以驱鬼魅。

随着时代的变迁，门神的绘画对象也越来越多，并有武门神和文门神之分。武门神除神荼、郁垒、钟馗、秦琼、尉迟恭外，还有赵云、马超、孙膑、庞涓、萧何、韩信、岳飞、文天祥等。这些都是人们崇敬的功臣名将，寄有驱鬼镇邪之愿望。文门神多以天官居多，寄予人们吉祥发财、加官晋爵的愿望。至今，春节贴门神之俗仍在我国广泛流行，所绘画内容更丰富多彩，已改称门神为门画，用以表达人们对美好幸福生活的祈愿与追求。

古代春节除挂桃符外，到了五代的时候，又兴起贴春联。春节贴春联亦源于挂桃符，基本上是由挂门神的习俗演变派生而来。春联又称门对、对联、门贴等，可以说是以写吉祥词的文字形式来表达吉祥如意的吉祥物。据传，五代十国的后蜀国主孟昶在公元964年的除夕，令学士辛寅逊在桃符上写两句吉语献岁。可是，孟昶对辛学士所题不中意，就自己亲笔写下"新年纳余庆，嘉节号长春"的联语。此后，这便成为我国的第一副春联。春节以吉语题写春联的风俗被文人视为一种雅事，流行开来。

到了唐宋时期，春节贴春联已成为一种社会风尚。《宋史·五行志》载："（除夕）命翰林为词题桃符，正点，置寝门左右。"宋吴自牧《梦粱录》亦有除夕夜"钉桃符，换春牌"的记载。吴自牧所说的"春牌"，当是原始的春联。

春节用红纸题写吉祥语成为年俗在民间普及应是明代以后的事。据清陈尚古《簪云楼杂说》载：明太祖朱元璋十分喜好春联，定都金陵（今南京）后，即下令除夕时公卿士庶之家都贴春联，他还要微服出行，逐门观赏春联，以此为乐。

有一次，他见一家门户上没有贴春联，经询问，方知这家是阉猪之户，因年前忙，自己又不会写，所以没有贴春联。明太祖听后，叫人取来文房四宝，欣然挥毫写道："双手劈开生死路，

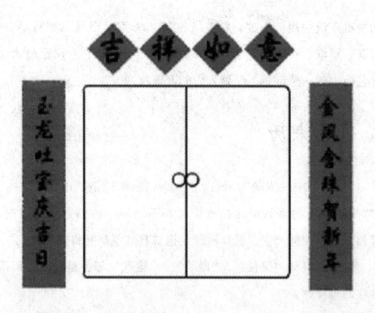

一刀割断是非根。"写完投笔而去。

第二天，朱元璋又来到这户人家，不见他亲笔题写的对联贴出，令人去询问原因，户主回答说："知是御书，高悬中堂，燃香祝，为岁道之端。"朱元璋听了很高兴，赏赐其三十两银子，让其改行。传说未必可信，但这个故事说明了明太祖的确喜欢春联。

从宋代以后，为了书写方便，便用红纸代替桃板。因红纸喜庆吉祥，民间崇尚红色，春节用红纸写春联，鲜艳夺目，喜气洋洋，确为新年增添了不少喜庆气氛。清朝的满人富察敦崇在《燕京岁时记》中载："春联者，即古之桃符也。自人腊以来，即有文人墨客，在市肆檐下书写春联，以图润笔。祭灶之后，则渐次粘挂，千门万户，焕然一新。"

到了清代，春联已发展成为一种应用十分广泛的文学形式，它不仅运用于春节，而且在社会交际、婚丧嫁娶、宴会庆典等活动中也广泛应用。不过,春节贴的称"春联",其他的则称婚联、寿联、楹联、贺联等,名目繁多,应用十分广泛,春联已成为文学艺苑中的一枝奇葩,受到人们的普遍欢迎。

爆竹的来历

"爆竹声中一岁除"。每逢春节来临,无论是城市还是农村,"噼噼啪啪"的爆竹声此起彼伏,好不热闹,特别是除夕之夜,爆竹声更是响彻天宇、震耳欲聋,把节日气氛烘托得热闹非凡。

爆竹,又称"爆仗"、"爆竿"、"鞭炮"等,是民间人们最喜欢的吉祥物。

爆竹的历史也较悠久,相传源于商周时期的"庭燎"。在《诗·小雅·庭燎》篇中即有"庭燎之光"的记载。《周礼·秋官》亦曰:"凡邦之大事,共坟烛、庭燎。"汉郑玄注:"树于门外曰大烛,树于门内曰庭燎,皆所以照众为明。"所谓"庭燎",就是用竹竿制作的火炬燃烧后,竹节里空气爆胀炸裂发出的"噼噼啪啪"的响声,这即是爆竹的由来。

爆竹原本是照明之用,后又传可驱山魈恶鬼。据东方朔《神异经》上所说:西方的大山上住着一个有一尺来长的怪物,叫"山魈",又称"山臊"。谁要是碰上它,就会得一种寒热病,很快就会在痛苦中死去。相传山魈怕火,怕响声,人们便以竹竿点燃后发出的"噼啪"声将其吓跑。

传说,山魈喜欢在过年时下山,人们都害怕它。有一次,过年夜,山魈来到一穷人家。由于冬天寒冷,这家人正点燃竹子取暖,竹节燃烧中发出"噼噼啪啪"的响声。山魈看见火光和听见响声掉头就跑,这家人平平安安过了年夜,没有受到山魈的侵害。人们听说了这件事后，也都找来竹子在庭中点燃，既取了暖又吓跑了山魈。从此，山魈再也不敢下山来侵害人了。后来，春节燃爆竹成为一种驱鬼求吉的民俗，爆竹也成为人们求吉喜庆的吉祥物。南朝梁宗懔《荆楚岁时记》说："正月一日，是三元之日也。春秋谓之端月。鸡鸣而起，先于庭前爆竹，以劈山臊恶鬼。"由此可见，"爆竹"一词是由燃竹爆响而来。

到了魏晋时期，人们发现用硝石、硫磺和木炭合在一起燃烧爆炸声音更响，从而发明了火药。当时有个叫马均的人，把火药填入竹筒中燃放，从此又有了"爆仗"、"炮仗"之称。宋高承《事物纪原》曰："马均始制爆仗。"

宋代造纸术的发明，助长了爆竹的盛行。人们普遍用纸来代替竹筒包火药做成爆竹，这样更方便省事了。清顾张思《土风录》曰："纸裹硫磺，谓之爆仗，除夕岁朝放之。"《会稽志》亦有："除夕爆竹相闻，亦有以硫磺作爆药，声尤震厉，谓之爆仗。"此时，还有人把爆竹编成串，像赶马车用的竹鞭，拴在竹子上放，声响持续时间长，声音清脆又似抛鞭声，故又称"鞭炮"。这样一来，爆竹更丰富多彩了，放爆竹更加流行。宋代时除夕之夜爆竹之声已通宵不绝。宋孟元老《东京梦华录》就记有："是夜，禁中爆竹山呼，闻声于外。"宋吴自牧《梦粱录》亦曰："是夜，爆竹嵩呼，闻于街巷。"但宋时放爆竹仍包含有驱鬼求平安的信仰。宋代诗人范成大《爆竹引》诗中即说："一声两声百鬼惊，三声四声鬼巢倾。十声八声神道宁，八方上下皆和平。"

宋王安石的《元日》诗"爆竹声中一岁除，春风送暖入屠苏"，更是老少皆知。放爆竹已成为人们过年最具特色、不可或缺的民俗事项之一。

明清时期，春节放爆竹仍有驱邪之意。清代诗人李光庭《爆竹》诗云："何物能驱疫？其方用火攻。名犹沿爆竹，象乃肖裁筒。惊破山臊胆，旁参郁垒功。儿童休掩耳，茅塞一声通。"

此时，人们放爆竹又增加了一层意思，用于迎神。按照中国人的传统信仰观念，迎神仍是为了驱邪。因为神受人敬奉，除驱邪外，还会给人带来幸福吉祥安宁。《燕京岁时记》曰："每届初一，于子（时）初焚香接神，燃爆竹以致敬，通宵达巷，络绎不绝。"

清代以后，爆竹成为迎神吉祥物后，又增加了喜庆、祝贺的功能，运用范围也更加广泛，无论是传统节日、男婚女嫁、祈子拜寿，还是开业庆典、乔迁新居等，大凡喜庆活动都少不了燃放爆竹。而且，爆竹的品种也不断增多，并与焰火结合有上千种之多。爆竹已经成为人们不可缺少的吉祥物。在吉祥图案中有绘有两童子放爆竹的"竹报平安"纹图，有绘有花瓶和数个爆竹的"岁岁平安"纹图，等等。这些都有求吉、迎祥、纳福的文化内涵。

二月二，龙抬头

农历二月初二是传说中龙抬头的日子，据说在这一天春季来临，万物复苏，蛰龙开始活动，一年的农事活动也即将开始。二月二，又称春龙节、青龙节、龙头节，是元宵节之后一个重要的民俗节日，亦体现了中国人对龙的信仰。

民谚："二月二，龙抬头。"二月初二这一天，无论北方还是南方都会组织活动来庆祝春天的来临。这一天对于农民具有非凡的意义，他们告别了年节的清闲，又要开始一年的繁忙劳作了。因为各地流传着不同的传说，以至于各地的习俗在这一天也略微有些不同，但是不同中又有着统一。

所谓"龙抬头"指的是经过冬眠，百虫开始苏醒。所以俗话说，"二月二，龙抬头，蝎子、蜈蚣都露头"。

二月二有许多美丽的名字，如龙头节、春龙节或青龙节。普通人家在这一天要吃面条、春饼、爆玉米花、猪头肉等，不同地域有不同的吃食，但大都与龙有关，且都会把食品名称加上"龙"的头衔，如吃水饺叫吃"龙耳"，吃春饼叫吃"龙鳞"，吃面条叫吃"龙须"，吃米饭叫吃"龙子"，吃馄饨叫吃"龙眼"。

清末《燕京岁时记》里说：

"二月二日——今人呼为龙抬头。是日食饼者谓之龙鳞饼，食面者谓之龙须面。闺中停止针线，恐伤龙目也。"这时不仅吃饼吃面条，妇女还不能操作针线活，怕伤害了龙的眼睛。

《辽中县志》记载民国时当地二月二的民俗说：

"二月二日，俗称龙抬头。晨起以竿敲梁，谓之敲龙头，意

谓龙蛰起陆，盖时近惊蛰之期。农家以粗米面做饼而为早餐。妇女于是日为童孩剃头，盖取龙抬头之意云。"这是辽宁地区的民俗，清晨要用长竿敲击房梁，把龙唤醒，同时也制作一些面食吃。根据各种历史记载，我们可以看出人们对于这个节日的重视。

农历二月初二这一天家家男子剃龙头。春节前剃头理发到了二月二，已经一个多月，正是需要剃头理发的时候。二月二，龙抬头，是吉祥如意的日子，时间一长，就形成了二月二剃头的习俗。

"二月二，龙抬头，家家小孩剃头"。这天图吉利剃头也叫剃"龙"头，以区别其他时间的剃头，还有些女孩选此日穿耳孔。另外，家长们选此日送孩子入学读书。

"二月二，家家人家接女儿"。旧时，正月新娘不回门，媳妇不走娘家，正月不空房。同时还有"出嫁的闺女正月不能看娘家的灯，看了娘家的灯死公公"的迷信说法，因而出嫁的女儿正月不准回娘家。一个多月的时间，闺女想娘，娘想闺女，所以到了二月二，不仅已经出了正月，而且又是吉祥如意的日子，所以各家都接女儿回娘家。

"二月二，照房梁，蝎子、蜈蚣无处藏"。这天，用过年祭祀剩下来的蜡烛点着，照房梁和墙壁，以驱灭害虫。

"二月二，龙抬头，大囤满，小囤流"。用青灰画粮囤或粮仓，或在门前用青灰画大小不等的圆圈，象征大圆接小圆，祈祷丰收，这又是民间一俗。

二月二，相传是土地公公的生日，称"土地诞"，为给土地公公"暖寿"，有的地方有举办"土地会"的习俗：家家凑钱为土地神祝贺生日，到土地庙烧香祭祀，敲锣鼓，放鞭炮。新中国成立后此俗逐渐淡化。

端午节的习俗

农历五月初五是我国的传统节日端午节。"端"是初的意思，"初五"又称"端五"。按地支顺序推算，五月为"午月"，所以五月初五又叫"端午"。又因为午时是"阳辰"，所以又称"端阳"。五月初五两个"五"，故又称"重五"、"重午"。此外，端午节还有天中节、天长节、沐浴节、女儿节等别称。端午节是我国民间传统三大节日（春节、端午、中秋）之一，受到全国各地人们的普遍重视和欢迎。

端午节历史悠久，起源众说纷纭。其中较有影响的有四种说法。一说端午节起源于吴越民族对龙图腾的崇拜活动；二说端午节起源于古代的夏至风俗；三说起源于恶月、恶日说；四说起源于纪念投汨罗江而死的伟大爱国诗人屈原。

端午为纪念屈原之说较为普遍，影响较大，表达了人们对伟大诗人的崇敬。

屈原是战国时期楚国人，二十二岁就已官居左徒、三间大夫，得到楚怀王的信任和器重。屈原积极革新，却遭到旧贵族子兰和奸臣靳尚等人的打击和诽谤。楚怀王由于听信谗言，疏远了屈原。楚顷襄王继位后，屈原又被削职，流放到江南。屈原眼看国家江河日下，救国的愿望彻底破灭了，他满怀悲愤、忧虑和绝望，于公元前278年农历五月初五，纵身投入波涛汹涌的汨罗江中。屈原投江时六十二岁。表达了他坚持理想、坚守高洁品格的爱国主义精神。

当楚国人民得知最崇敬的贤臣屈原投江后，便争先恐后划船来打捞拯救，但不见踪影，这便演变成后来的赛龙舟的风俗。人们打捞不到屈原，极度悲恸，便用竹筒装上米投江祭之。

又传，东汉光武帝刘秀执政的建武年间，长沙有个叫区曲的人，梦中见到一位自称三间大夫屈原的人对他说："多年来人们祭我的米都被江中的蛟龙吃了，太可惜。今后你们再祭我时用楝叶或芦叶塞住竹筒，再用五色丝线缠好，因为蛟龙最怕楝叶、芦叶和五色丝线了。"区曲把梦中所见告诉了大家，从此人们便按他所说的去办。此俗也一直沿袭下来，演变为端午节吃粽子的风俗。当时流传于民间的一首民谣，全面地记叙和反映了农历五月初五端阳节的民风民俗：

五月五，是端阳。门插艾，香满堂。

吃粽子，撒白糖。龙船下水喜洋洋。

我国民间在端午节这天，除了吃粽子、赛龙舟这些祭祀活动外，还有饮雄黄酒，戴香包，悬艾草、菖蒲，挂钟馗像等习俗。

纵观古今端午风俗，大致可分为两大类：一类是以祭祀龙神和爱国人物（屈原）为文化内涵的风俗；另一类是以避邪驱恶为文化内涵的风俗，如挂艾、菖蒲，喝雄黄酒，挂钟馗像等。但这两类风俗都有一个目的，就是对恶月恶日的避邪驱恶，逢凶化吉，借用吉祥物以祈求免灾除厄、求吉纳祥的心理和信仰。

中国的节日是孩子的节日，很多节日都与孩子有关。端午节也不例外。端午节就流传很多为孩子求吉纳福、避灾驱邪的风俗，如端午节时用雄黄酒在小孩子头上画个"王"字，或用雄黄酒涂小孩手心、足心，用以祛毒。因雄黄酒有杀虫消毒作用，故可驱邪避瘟。或为小孩戴绣有蜘蛛、蛇、蝎子、蜈蚣、蟾蜍五毒的红兜肚，可避五毒之侵害，保孩子健康平安；或在小孩子脖颈、手腕上缠五色丝线；或用五色丝线绣香包，内装艾叶、香料挂于孩子胸前，为孩子驱恶免疫，祈望孩子长命百岁；等等。

端午节的这些民俗，除了驱邪避疫、祝吉纳福外，现在又多了一些审美、装饰娱乐等文化内涵。

登高的节日——重阳节

九九艳阳，秋高气爽，天高云淡，登高远望；橘子橙黄，黄花遍地，满山流丹，硕果累累，又是一年佳节重阳到，真乃是："一年好景君须记，最是橙黄橘绿时。"（苏轼《赠刘景文》）

重阳节是在农历九月初九，日月逢九，双九相重，所以称"重九"。《易经》以九为阳数，两阳相重，故名"重阳"。正如魏文帝曹丕《九日与钟繇书》所云："岁往月来，忽复九月九日。九为阳数，而日月并应，俗嘉其名，以为宜于长久，故以享宴高会。"

重阳节是我国历史悠久的民间传统节日，溯之起源，最早可以推到春秋战国时期。楚国大诗人屈原在《远游》诗中就有"集重阳人帝宫兮"的诗句。可见，战国时期重阳节已形成风俗。

古时重阳节的习俗较多，但主要有登高游玩、赏菊饮酒、插茱萸、吃重九糕等。晋周处《风土记》云："以重阳相会，登山饮酒，谓登高会，又名茱萸会。"到了宋代重阳节的习俗更流行和热闹，宋孟元老《东京梦华录》详细记载了北宋时重阳节的热闹盛况。明清时期，人们对过重阳节更隆重，九日重阳，甚至皇帝也亲自到万寿山登高览胜，以求万寿无疆。

重阳节的主要活动是登高。登高之俗起源很早，宋高承的《事物纪原》云："齐景公始为登高。"可见，战国的时候已有登高的习俗。但当时的登高并不固定在重九。重九登高始于西汉。汉刘歆《西京杂记》云："九月重阳，仕女游戏，就此祓禊登高。"说明当时登高已有驱邪避难之用意。到了魏晋南北朝，又增加了游乐内容。南朝梁宗懔《荆楚岁时记》云："九月九日，四民并籍野饮宴。"

重阳登高，恰值秋色怡人之时，最初登高具有避灾禳祸之意。当然，在封建社会，天灾人祸多，百姓不能掌握自己的命运，谁不想避灾免祸呢？如今，人民当家做了主，用不着去免灾避邪了。但在秋高气爽的重阳节登高，饱览大自然的秋色胜景，对于强身健体、激发热爱祖国之情是很有裨益的。古代诗人就有在重阳节登高赋诗的习惯，在饱餐秀色、游览山川之后，灵思飞动，情泉奔涌，或朗吟低唱，或引吭高歌，或倾叙情怀，或尽抒忧喜，华章迭出，秀句齐来，均给后人留下了许多荡人心魄的诗篇。唐代大诗人杜甫《九日》诗云："重阳独酌杯中酒，抱病起

登江上台。"写诗人客居外地，独酌杯中酒，不能与家人团聚的感慨。刘禹锡《九月九日登高》诗云："世路山河险，君门烟雾深。年年上高处，未省不伤心。"抒发了诗人对世事多艰难测的喟叹。唐代诗人白居易《九日寄行简》诗："下邽田地平如掌，何处登高望梓州。"写出了诗人不能登高远望而思乡念弟的惆怅之情。写重阳的诗不胜枚举，但别开生面、独树一帜、激人感奋的当数毛泽东的《采桑子·重阳》词：

人生易老天难老，岁岁重阳。今又重阳。战地黄花分外香。

一年一度秋风劲，不似春光。胜似春光。寥廓江天万里霜。

该词一反俗见，开拓新境，且耐人寻味，发人深省，催人奋进，扣人心弦，真乃大手笔也。

说到重阳登高的起源，又不能不讲到一个富有浓厚神话色彩的传说故事。据南朝梁吴均《续齐谐记》载：西汉时，有一个叫费长房的人，有一天在家中小楼上饮酒时，透过窗子无意间看到对门一家中药店的卖药老翁卖完药关上门后，就跳进门口挂的葫芦里。费长房心生奇想：这个老翁一定是个仙人。

第二天，费长房一打听，老翁果然是天上的神仙，因过失被贬到人间为百姓治病。现贬期已满，他正准备回天上去。一听此言，费长房就立即去拜访这位老翁，并虔诚地要拜老翁为师，求他赐教为百姓治病的医术。老翁见费长房为人老实虔诚，就指点他治病的医术和驱使鬼神的魔方。

费长房学道成功后，有一天来到汝南（今河南省汝南县）。此时汝南两岸正发生瘟疫，尸体遍野。有个叫桓景的人，父母因染上瘟疫而死，他决心修道学仙为百姓治病，驱除瘟疫。他听说费长房从壶仙那里学道成功，能医百病，神通广大，并有缩地之术，一日能出现在千里以外的好几个地方，便去拜费长房修道学医。

桓景跟费长房修道行医，有一年，九月初九这天，费长房对桓景说："你家今天有大难，你尽快回家，让全家每个人准备一只装有茱萸的红袋子系在手臂上，然后登上高山，喝菊花酒，祸事就可以免掉。"

桓景从速回家，按照费长房所说，让全家人登山，一直到傍晚才回家。待回到家里一看，鸡、狗、牛、羊全都暴死。费长房听到这个消息后，对桓景说："这是家畜代你们全家受难了。"

这件事传开后，每年的重阳日，人们都去登山、插茱萸、饮菊花酒。后来把这一天称为"登高节"。表达了古人祈盼消灾避难、健康长寿的美好愿望。

这个故事虽然有些离奇荒诞，但实际上来说，晚秋时节，气候干燥，百草凋萎，瘟疫易于流行。此时，人们登高游玩，一方面放松心情，解除烦恼；另一方面登高呼吸新鲜空气，对锻炼身体、增强体质确有助益。插茱萸、饮菊花酒对人体也很有益处，因茱萸味芳烈，可驱虫，有逐风邪、治寒热等功用。所以，古人把茱萸视为吉祥物，重阳节又称作"茱萸节"。菊花凌霜而开，气味芬芳，是延年益寿之佳品。宋吴自牧《梦粱录》云："今世人以菊花、茱萸，浮于酒饮之，盖茱萸名'避邪翁'，菊花为'延寿客'。故假此两物服之，以消阳九之厄。"

讲到重阳登高，就不能不讲"孟嘉落帽"的故事。据《晋书·孟嘉传》记载：晋朝永和年间，有个叫孟嘉的著名文人，在大司马桓温帐下任参军。他也是大诗人陶渊明的外祖父。

孟嘉很有才气，少年时即负有才名，非常受大司马桓温的赏识和器重。有一年九月初九重阳节，大司马桓温在龙山（今安徽当涂东南）宴请群僚，饮酒赋诗，啸咏骋怀。当大家杯盏相酬、酒兴正浓之际，突然刮来一阵风，把孟嘉的帽子吹落在地上。可孟嘉正在高谈阔论，全然未觉。古时掉帽子是非常有失体统的，别人便作诗来嘲笑他。孟嘉才高，文思敏捷，立即提笔以诗相对。由于文辞俊雅，诗惊四座，无不叹服。

"孟嘉落帽"这个故事一直在文坛传为佳话，用以比喻文人不拘小节，风流潇洒；纵情诗文，意态翩翩。后来，在咏重阳节的诗里，常引用到的"龙山落帽"、"孟嘉落帽"或"落帽"，即是指的这个典故。如唐代诗人李白《九日龙山饮》诗："九日龙山饮，黄花笑逐臣。醉看风落帽，舞爱月留人。"李白另一首《九日》诗："落帽醉山月，空歌怀友生。"宋代诗人苏轼《不赴述古令》诗云："可怜吹帽狂司马，空对亲眷老孟光。"除此外，古人诗中引用此典之例比比皆是。

孟嘉落帽，不拘小节，风流潇洒。其外孙陶渊明紧步其后尘，不为五斗米折腰，性情恬淡，归田园居，一生酷爱饮酒。每到重阳节时，他就陶醉于"采菊东篱下"的风雅情趣之中。据檀道鸾的《续晋阳秋》载：有一年重阳佳节，陶渊明正在东篱下赏菊吟唱，酒瘾大发，因生活拮据，家中已滴酒未有，这可急坏了陶渊明。他正在焦虑之时，忽见一白衣使者载酒而来。陶渊明如在梦中，一问方知是江州刺史王弘派来的送酒差使。因为朝廷多次征召陶渊明为著作郎，但其淡泊名利，不愿就职。王弘因钦佩他傲视世俗、蔑视权贵的品性，欲结识这一名士，曾多次派人给陶渊明送酒。这次，正值陶渊明酒瘾大发时送来佳酿，真乃雪中送炭。陶渊明大喜，立即打开酒坛，于花丛中狂饮起来。酒酣之时，诗兴大发，随口吟出《九日闲居》名诗一首：世短意常多，斯人乐久生。日月依辰至，举俗爱其名。露凄暄风息，气澈天象明。往燕无遗影，来雁有余声。酒能祛百虑，菊解制颓龄。如何蓬庐士，空视时运倾。尘爵耻虚罍，寒华徒自荣。敛襟独闲谣，缅焉起深情。栖迟固多娱，淹留岂无成。

诗中淋漓尽致地表达了诗人以菊自娱，以酒祛虑，啸傲世俗，蔑视权贵，淡泊名利的胸怀和闲吟狂啸、纯然无私的情趣。这便是后世文坛诗苑盛传的"陶公咏菊"、"白衣送酒"的故事。"白衣"亦成为后世诗人词客常引入诗中的典故。如唐代大诗人李白《九日登山》诗："渊明归去来，不与世相逐。为无杯中物，遂遇本州牧。因招白衣人，笑酌黄花菊。我来不得意，虚过重阳时。"

唐李郢《重阳日寄浙东诸从事》诗："愁里又闻清笛怨，望中难见白衣来。"

古时重阳节还有很多风俗，如重阳节吃重阳糕的风俗。还有的地区重阳节要接已出嫁的女儿回家过节，所以重阳节又称"女儿节"等。

今天，人们又赋予重阳节这一民间传统节日以新的文化内涵。九月初九，正巧二九相逢，"九"与"久"谐音，是长寿的象征，寄托着人们对老人健康长寿的祝福。后经倡议，我国政府已把重阳节定为"老人节"，又称"敬老节"。敬老、爱老、孝老这是中华民族的优良传统，重阳节时不要忘记老人，要多为他们办些实事好事，把敬老、爱老、孝老这一优良传统发扬光大，世代永远继承下去。

送寒衣的节日——十月一

农历十月为孟冬，十月初一是进入寒冬季节的第一天，生者御寒加衣，想到死者的防冷需要，就买来五色彩纸，剪成衣服形状，在十月初一的晚上去亲人的坟墓上祭奠烧化。烧寒衣寄托着今人对故人的怀念，承载着生者对逝者的悲悯。

中国自古以来就有祭祀祖宗的习俗。十月初一，标志着严冬的到来，人们怕在冥间的祖先灵魂缺衣少穿，祭祀时除了食物、香烛、纸钱等一般供物外，冥衣更是不可缺少。在祭祀时，人们把冥衣焚化给祖先，叫做送寒衣、烧寒衣。因此，十月初一又称为寒衣节、祭祖节。冬季寒衣节与春季的清明节、秋季的中元节并称为中国一年之中的三大"鬼节"。

寒衣节的传说

民间传说，秦代江南松江府的孟姜女，千里寻找被强行服役、修筑长城的丈夫范喜良。秋去冬来，孟姜女历尽艰辛，来到长城，得知丈夫已经屈死，被埋在城墙之下。孟姜女悲恸欲绝，指天哀号呼喊，感动了上天，哭倒了长城。她找到了丈夫的尸体，用带来的棉衣重新装殓安葬。

孟姜女千里寻夫的故事传到民间，百姓深受感动。此后每到十月初一这天，众人便焚化寒衣，代孟姜女祭奠其亡夫。此风日盛，逐渐形成了追悼亡灵的寒衣节。后来人们在十月初一祭祀祖先，上坟烧纸，以示对祖先的怀念。

上坟烧纸送寒衣

古时，在十月初一的前一天，由家长率领儿孙们到祖坟添土。添土不用筐篓，要用衣服兜着，兜的土越多，族里人丁越兴旺。节日当天，则由族长带领家族中的男性，抬着食盒、大方桌和丰盛的供品（二十至三十个大碗），逐个到坟前祭拜，叫"上大坟"。现已改为一家一户携带少量供品（一般是饺子）"上小坟"了。

送寒衣时，讲究在五色纸里夹裹一些棉花，说是为亡者做棉衣、棉被使用。有的还将五色纸分别做成衣、帽、鞋、被种种式样，甚至还要制作一套纸房舍，瓦柱分明，门窗俱备。这些纸制工艺品除体积缩小之外，看上去比真房院还要精致漂亮。

凡属送给死者的衣物、冥钞诸物，都必须烧焚，人们相信只有烧得干干净净，这些阳世的纸张才能转化为阴曹地府的绸缎布匹、房舍衣衾及金银铜钱。只要有一点没有烧尽，就前功尽弃，亡人就不能使用。所以十月初一烧寒衣，要特别认真细致。这种行为反映了生者对亡人的哀思与崇敬，属于一种精神上的寄托。民间送寒衣时，还讲究在十字路口焚烧一些五色纸，象征布帛类。用意是救济那些无人祭祀的绝户孤魂野鬼，以免给亲人送去的过冬用物被他们抢去。

焚烧寒衣，有的地方在亡者坟前进行，讲究在太阳出山前上坟；有的地方习惯在门前焚烧祭物。

如今，十月初一上坟烧纸、烧寒衣的习俗已淡化，许多人特别是城里人，只是到坟前默哀或献上一束鲜花，来怀念逝去的亲人。

祭祖烧包袱

"烧包袱"是祭奠祖先的主要形式。所谓"包袱"，也作"包裹"，是指亲属从阳世寄往阴间的邮包。

包袱里的冥钱，种类很多。有的是大烧纸或白纸，砸上四行圆钱，每行五枚；有的是冥钞，这是人间有了洋钱票之后仿制的，上书"天堂银行"、"冥国银行"、"地府阴曹银行"等字样，多系巨额票面，背后印有佛教《往生咒》；有的是假银元，用硬纸做心，外包银箔，压上与当时通行的银元一样的图案；有的是用红色印在黄表纸上的《往生咒》，呈一圆钱状，故又叫"往生钱"。

腊八节的习俗

农历十二月初八为我国传统的节日腊八节。关于腊八节的起源，历史悠久。我们首先要从"腊"字说起。古时，腊、蜡、猎三字同源通用，本意均指狩猎以祭先祖、敬百神，避灾纳祥、祈福求寿。夏代称"清祀"，殷商称"嘉平"，周朝称"大蜡"，汉朝才称为"腊"。汉应劭《风俗通义》云："夏曰清祀，殷曰嘉平，周曰大蜡，汉曰腊。腊者，猎也，以猎取禽兽，祭祀其先祖也。"《魏台访议》云："按《月令》，孟冬十月腊先祖五祀，谓荐田猎所得禽兽，谓之腊。"而《玉烛宝典》云："腊者祭先祖，蜡者报百神，同日异祭也。"腊祭是以祭祀祖先，保佑平安吉祥；蜡祭百神以祈五谷丰登，六畜兴旺。虽两者所祭祀有侧重，但目的都是为避邪求吉、纳祥祈福。古代农历十二月由于有腊祭礼仪，故称为"腊月"，此称一直沿用至今。

因十二月称腊月，民间遂把十二月所腌制晒干的肉称"腊肉"，腊月去集市买货物称"赶腊集"，腊月所购的货物称"腊货"。古代人们在"腊月"这一个月祭祖敬神，与神分享祭品，与神同乐，以驱瘟除疫、接福纳吉。

最初的腊祭并无确定的日期，汉代以后把冬至后的第三个戌日定为腊日。至魏晋时期，才确定农历十二月初八为腊日。此后民间便俗称腊日为"腊八"。关于腊日的风俗，现今流传的主要是食"腊八粥"。古代，吃腊八粥主要是为祭祖祭神。

古时，腊日除祭祖敬神外，还有"腊鼓驱疫"的风俗。也就是所谓的"傩"。腊月的傩仪则是以击腰鼓为主，以示迎春逐疫。南朝梁宗懔《荆楚岁时记》曰："十二月八日为腊日。谚语：

'腊鼓鸣，春草生。'村人并击细腰鼓、戴胡头及作金刚力士以逐疫。"这里所说的"细腰鼓"，又称"腊鼓"，即今腰鼓。民间腊月打腰鼓的风俗即源于此。"戴胡头"指的是所戴的一种胡人头饰的假面具。戴假面具者扮金刚力士、方相等，手执刀持钺，众人击鼓呼叫，以逐除厉鬼、疫病。

汉代班固的《东京赋》记有："卒岁大傩，驱除群厉。方相秉钺，巫觋操茢。侲子万童，丹首玄制。"这种除疫之傩后来演化为贵州一些地区的"傩戏"，现在仍有表演。其面具可以说是古傩面具的活化石。古代腊日击鼓驱疫活动其实是一种巫术活动，其信仰的基础是原始崇拜。

关于傩的缘起，宋高承《事物纪原》载："《礼纬》曰：高阳有三子，生而亡去为疫鬼，二居江水中为虐，一居人宫室区隅中，善惊小儿，于是以正岁十二月，命祀官持傩以索室中而驱疫鬼。"《轩辕本纪》曰："东海渡朔山有神荼、郁垒之神，以御凶鬼，为民除害，因制驱傩之

神。""岁终命方相氏率百隶索室驱疫以逐之，则驱傩之始也。"
从这些文字记载可知，其俗源于上古的黄帝，形成于周代，其主
要目的是为驱除疫鬼，而且与佑护小孩子平安有关。

旧时腊八还有男童剃头，女童穿耳的风俗，俗信小孩可平安
健康。西北地区，农家腊八还有凿冰置田地、户牖、树根处的风
俗，以兆来年润泽丰收。因西北冬季干旱，以冰置地，确可润泽
土地和植物。陕西宜川县，腊八晚上家置木炭、冰块于门之左
右，谓黑白虎守门，以戒鬼魅。木炭为火，冰块为水，二物为阴
阳二仪的象征，故有镇宅之神力。腊八，百物皆神，有助于农
人。因此，农民特别重视腊八节。这与农村冬闲也有关，所以一
些活动较多。

腊八为新年的前奏，过了腊八，与过年有关的东西都要准
备，活动也特别多，如杀猪、宰羊、磨面、打年糕、做粉条等。
所以，有些地方民谚有："小孩小孩你别哭，过了腊八就杀猪。"
"大嫂大嫂你别馋，过了腊八就是年。""媳妇媳妇你别慌，过了
腊八备新妆。"

蒙古族的盛会——那达慕

那达慕大会是中国蒙古族人民一年一度的传统节日，至今已
有上千年历史，也是蒙古族人民的一种传统体育活动形式，活动
场面颇为壮观，内容丰富多彩，极富民族特色。

每年农历六月初四，我国蒙古族人民便迎来了草原上一年一
度的传统盛会——那达慕。那达慕是蒙古语的译音，意为娱乐、
游戏，表示丰收的喜悦之情。蓝天白云的映衬下，鲜艳的民族服
装，草原骑手的英姿，美丽勤劳勇敢的蒙古族人民，构成一道亮

丽耀眼的风景。

那达慕的起源

那达慕的前身是蒙古族的祭敖包，是蒙古民族在长期的游牧生活中，创造和流传下来的具有独特民族色彩的竞技项目和游艺、体育项目。元朝时，那达慕已经在蒙古草原地区广泛开展起来，并逐渐成为军事体育项目。元朝统治者规定，蒙古族男子必须具备摔跤、骑马、射箭这三项基本技能。到了清代，那达慕逐步变成了由官方定期召集的有组织、有目的的游艺活动，以苏木（相当于乡）、旗、盟为单位，半年、一年或三年举行一次。此俗沿袭至今，每年蒙古族人民都举行那达慕大会。

过去那达慕大会期间要进行大规模祭祀活动，喇嘛们要焚香点灯，念经诵佛，祈求神灵保佑，消灾消难。现在那达慕大会的内容主要有摔跤、赛马、射箭、投掷、套马、下蒙古棋等民族传统项目。其中，摔跤、赛马和射箭的竞技赛，被称为"男儿三艺"。

摔跤

摔跤是蒙古族特别喜爱的一种体育活动，也是那达慕大会上必不可少的比赛项目。蒙古族的摔跤有其独特的服装、规则和方法，因此也叫蒙古式摔跤。摔跤手要身着摔跤服"昭德格"。坎肩多用香牛皮或鹿皮、驼皮制作，皮坎肩上有镶包，亦称泡钉，以铜或银制作，便于对方抓紧。其足蹬马靴，腰缠一宽皮带或绸腰带，著名摔跤手的脖子上缀有各色彩条"江嘎"，这是摔跤手在比赛时获奖的标志。

蒙古族的摔跤有其特点：按蒙古族传统习俗，摔跤运动员不受地区、体重的限制，采用淘汰制，一跤定胜负。参加比赛的摔跤手人数必须是2的某次乘方数，如8、16、32、64、128、256、512、1024等。比赛前先推一位族中的长者对参赛运动员进行编排和配对，蒙古长调摔跤手歌唱过3遍之后，摔跤手挥舞双臂、跳着鹰舞入场，向主席台行礼，顺时针方向转一圈，然后由裁判员发令，比赛双方握手致意后比赛开始。

赛马

蒙古高原盛产著名的蒙古马，能跑善战，耐力极强。自古以来，蒙古人对马就有特殊的感情，蒙古人从小就在马背上长大，都以自己有一匹善跑的快马感到自豪！训练烈马，精骑善射是蒙古族牧民的绝技，通常把是否善于驯马、赛马、射箭、摔跤作为鉴别一个优秀牧民的标准。

赛马项目包括：快马赛，主要比马的速度，一般为直线赛跑，赛程一般为20公里、30公里、40公里，先达终点者为胜；走马赛，主要是比赛马步伐的稳健与轻快；颠马赛，是蒙古族特有的马上竞技表演项目。

射箭

射箭是那达慕大会最早的活动内容之一。蒙古族射箭比赛分静射、骑射、远射3种，有25步、50步、100步之分。静射时，射手立地，待裁判发令后，放箭射向箭靶，优者为胜；骑射时，射手骑在马上，在马跑动中发箭，优者为胜。比赛不分男女老少，凡参加者都自备马匹和弓箭，弓箭的样式，弓的拉力以及箭的长度和重量均不限。比赛的规则是3轮9箭，即每人每轮只许射3支箭，以中靶箭数的多少定前3名。

第二章　行旅文化

独木舟

从18世纪开始，欧洲出现了蒸汽船，到后来超级豪华巨轮跨越太平洋。科技发达的今天，舰艇、游轮、航空母舰不断出现，船向大型化、现代化发展，殊不知，这些船舶的鼻祖都是独木舟。

大禹造舟

上古时候，洪水经常泛滥，"天下多水"。约公元前2090年，大禹受尧帝之命领导治水，"陆行乘车，水行乘船"，辗转水上十三年，三过家门而不入，终于治服了洪水。他率领人们疏通江河，并修建灌溉渠道，变水患为水利，可以说，独木舟在其中发挥了很大的作用。

禹来到北川，打听到在西陵氏发祥地之一的四川梓潼的尼阵山上，有一棵特别高大的梓树，直径有一丈二尺。禹就带着人们前去砍伐，准备用它造舟。树神化成一个童子进行百般阻拦。禹便向他陈述了民间的疾苦和治水的道理，说兴修水利是一件利国利民的大事。禹的热情和真诚感动了树神，便允许他们砍下这棵大梓树，做出了独木舟。最后，禹终于治好了水患，被人们推举为首领。他为民造福、吃苦耐劳的精神，永远受到华夏子孙的颂扬。

独木舟的制作和应用

《世本》中说，古人"观落叶因以为舟"，《淮南子》中也说"古人见窾木浮而知为舟"。人们看到物体漂浮在水面上，有了浮力意识，又进行了积极的思考，从而产生了造舟的念头。据专家分析，独木舟很可能起源于山洪暴发时，不会游泳的人们抱着树干原木漂浮在水上，终得以逃生。于是，人类就尝试着改造这些树干原木：将其掏空，使之在水中更加平稳，并能装更多的人或物。

《易·系辞下》说："伏羲氏刳木为舟，剡木为楫，舟楫之利，以济不通。"

"刳木为舟"就是制作独木舟的方法。选一整根的大树干，用石斧或石刀砍、凿、削一个长槽，然后用火烧掉木屑，再砍、再削、再烧，直到长槽达到合适的长度、深度为止。人坐立在槽中就可以浮水漂向远方了。一般说来，造独木舟要选直径在一米以上，长度在五米甚至十米以上的大木，宽以能坐下一人为度，大的也可以坐五六人。桨长近一米，中段是手握的桨把，两端是桨叶板，用时左右交替划行。

独木舟形体约分为三种类型，一是没有起翘的平底舟，一是舟头舟尾都微微翘起的翘底舟，还有就是舟头起翘、尾部平底的独木舟。

有了独木舟以后，人们能够跨越水域，征服自然的活动范围也扩大了，生产进一步发展。

《诗经》唱道：

　　"谁谓河广？一苇杭之。谁谓宋远？企予望之。谁谓河广？曾不容刀。谁谓宋远？曾不崇朝。"歌词的大意是：谁说黄河宽？一片苇叶就能渡过。谁说宋国远？踮起脚尖就能看到。谁说黄河宽？还不能容下一条小船。谁说宋国远？用不了一个早上就能走到。

　　在东北一些林区，鄂伦春族、鄂温克族、赫哲族还在使用独木舟，满语和赫哲语都称为"威呼"。清代乾隆帝称它"制坚质朴提携便，圆底平舷坐起康"。他们用桦树皮制作独木舟，轻便灵活、行驶平稳。在涨水季节时行驶独木舟于江中，以运送货物、捕鱼，冰封季节可以把它拿上岸来做马槽。

水上交通工具的发展极大增强了人的活动能力，从而使人的视野和活动范围也得到极大的扩展。

第三章　服饰文化

深衣的故事

　　进入文明社会后，人们穿衣着装渐渐讲究起来，但是无论怎样变化，唯一不变的就是穿在外面的衣服一定要得体，一定要讲究合理的搭配。其实在古代人们就很注重外衣的穿着，不过在当时，最著名的外衣还是要数深衣了。那么深衣是个什么样子呢？穿外衣又有着怎样的习俗呢？

深衣上的奥妙

　　古代的外衣一般都是上衣下裳的，在最初的时候，"衣"和"裳"的分工各有不同。春秋战国时期，上衣和下裳是连在一起的，而且是男女皆可以穿。后来上衣下裳走上了分离的道路，因为男子穿起了裤子，而女子则还是以前那种"连衣裙"。在殷商时期，这种上衣下裳缝在一起的衣服，就被叫做"深衣"。

　　要说这深衣，里面可有很多的故事呢。

　　"长袖善舞"就是其中典型的一个。

　　战国时魏国有个范雎，口才非常好。但是因为一次意外，得罪了当时魏国的大臣须贾，便逃到了秦国。秦昭王见到他，对他的"远交近攻"方案深表钦佩，于是，范雎很快被提拔为秦国的

丞相。

后来，燕国有个高贤叫做菜泽，他特意来拜会范雎。菜泽同范雎一样，都具有很高的辩才。他见到范雎后，就规劝他，让他立刻辞职，把相位交给自己。菜泽并不是贪慕虚荣的人，范雎同样也知道，菜泽说这话，就是让自己认清形势，尽早地急流勇退。在秦国待了这么长时间，他也发现秦国内部争权夺利很严重，相位也不能长居。于是，范雎便把菜泽推荐给了秦昭王，而后便隐居了。

司马迁评价说，有长衣袖的人，他跳起舞来就很方便，有雄厚资产的人，做起生意自然方便。

"长袖善舞"说的就是范雎、菜泽，他们借用了别人的长衣袖，从而能够在纷乱的政治舞台上，跳起婀娜的舞姿，这其中蕴含的道理一样。

其实这个长袖，就是"深衣"上的长袖。有长袖的深衣就显得格外的好看，而且长袖仿佛是增加了手臂的长度，舞动起来，就像九天仙女一样好看，如果没袖，那深衣舞动起来，就跟摔跤差不多了，所以才有"长袖善舞"的说法。

穿深衣的习俗，是在春秋战国时才出现的。到了战国、西汉的时候，深衣才得以真正的盛行。穿深衣在当时，并没有什么男女尊卑贵贱的区别。它的主要特点就是上衣和下裳相连，跟现在连衣裙相似。别看只是一件衣裳，它可是有着几千年的文化呢。比方说，这深衣的袖子高低、衣服的长短就是很有讲究的。

在《礼记·深衣》中就有着很明显的记载，书上说"深衣"的裁定是要有一定尺寸的，它可以做短，但再怎么短，也是不能露脚背的；同样它也可以做长，但再怎么长，也是不可以拖拉到地上的。这么看来，深衣的长短差距就在几厘米间。

而这个袖子就更有讲究了，秦汉时的"襦裙"，袖子很窄，是一种紧身深衣，在当时很是流行。到了唐宋时期，他们的服饰，很大程度上受到了北方少数民族的影响。他们大体上是有大袖、小袖两种。这个大袖，跟秦汉时的深衣袖子相似，沿袭古朝的风格，平常文人聚会时，也被作为一种礼服。小袖，则是一种短襦，穿上带有小袖的短袄，让人看起来既能显示出胳臂，也能显出臂膀的俏丽修长。服饰中的袖子，其实是深受封建道德的影响，因此，衣服上带有袖子，就是一种尊重礼教的体现。

深衣，在当时的服饰中，确实比较突出。它的缝制很容易，而且穿戴很方便，不影响活动，在出行活动中，还能把自己的身体包裹得很严实。因此，无论是文人还是平民，他们都把深衣当成了日常的服装。

飘逸的深衣

长长的深衣，充分遮盖住了自己的身体，但在另一个侧面却阻碍了下裳的分化。不过，经过几个世纪的发展，深衣也得到了进一步的改良，最为明显的便是魏晋时期的"褒衣"。

这种衣服的出现，其实也挺新鲜的，其中还有一个说法。

据说，当时人们爱好吃一种叫"五石散"的毒药，士人都以吃它为荣。吃了这个药后，全身就会有一种灼热的感觉，必须得脱掉衣服，用冷水浇身子才可以。同时，为了防止皮肉被烧坏，是一定不能穿窄衣服的。所以，人们便根据以往的深衣，设计了一款非常宽大的衣服。很多人看到这些名人，穿上宽衣都非常飘逸，于是便纷纷效仿，这种宽衣便流行开来。

宽大的袍子，渐渐成了汉族服饰的主流，尤其是在魏晋南北朝时期的南方，更是盛行穿"褒衣"。同时，穿褒衣也体现出了一种民族意识。因为当时的北方，在少数民族统治下，已经都被强制穿起了胡服。南方的汉族，为了表示对本族文化的坚持，毅然穿起了这种宽大的衣服。

《宋书·周郎传》也有过记载，讲当时的衣服，衣袖和衣裾都非常宽大，一个衣袖甚至都能裁成两个一般的袖子，一个衣裾也是如此。

裤子的故事

穿衣戴帽各有所好，现今衣服无论怎样发展，也不会淘汰掉裤子的。无论是西裤、便裤、牛仔裤都是套在两腿上的下装。可到底是谁想到要发明裤子呢？古代的裤子有着怎样的变化呢？穿裤子又有着怎样的习俗呢？

穿套裤的古人

古人本是不穿裤子的，用兽皮或下裳把下体一围，就能够起到遮羞、御寒的作用，那又是如何才发明了裤子呢？古人的裤子又是怎样的呢？

裤子在古代被称为"胫衣"，"裈"和"绔"都是裤子的表现形式。

说到裤子，这里面还有一个关于"裈"的故事呢。

西汉有个文化名人叫司马相如。传说他的一首《凤求凰》，深深打动了卓文君的芳心。当她见到司马相如时，更是一见倾心，于是两人就私奔了。卓文君的父亲卓王孙，是四川颇有名望的富豪，他也是很讲究门当户对的。当时的司马相如门庭并不显赫，所以他并不想成全这门亲事。于是卓王孙便不给女儿一文钱，希望能迫使女儿回来。谁知司马相如竟和卓文君，在临邛开起了酒铺。这临邛可是卓王孙的居所。文君卖酒，而相如则穿着"犊鼻裈"洗酒具。这可使卓王孙丢尽了颜面。所以，他只好给女婿一笔钱，不让他们从事酒铺的营生了。

通过这个故事，我们能看出，在西汉，穿"犊鼻裈"的服饰是被贵族看成卑贱的。

"犊鼻裤"是西汉流行的一种"超短裤"。它的造型十分短小，只是用大概尺长的布绑系在腰间。倒有些像现在日本相扑选手的兜裆裤。而古代劳动者穿它是为了做起活来更加方便，除了能够把私处遮住

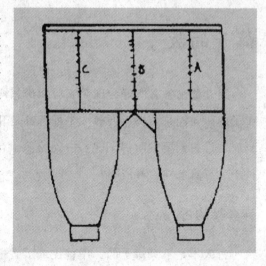

之外，浑身上下其他部位都是袒露的。它跟现在的裤子差不多，它的前后都是有裆的。

同上衣一样可以御寒，古人把棉絮放进夹层中，就跟现在的棉裤类似了。在《世说新语》里就记载着这么一个事，韩康伯几岁时家里很穷，到了冬天只能穿短袄。他母亲对他说，让他先穿上短袄，然后再给他做"复裈（裈：裆裤）"。而韩康伯却说不需要了，他说现在穿上了短袄，下身也会暖和的，不需要再做"复裈"了。这个故事中的"复裈"实际上就是一种冬季民间穿的夹裤。

那古人是怎么想到穿裤子的呢？其实在殷商的时候，古人只是上衣下裳的装扮，并没有裤子。但是到了后来，行军打仗的时候，人们发现穿下裳骑马很不方便，这样便在下裳的两侧开了个口子，但是这又把自己的大腿露出来了，于是便在两条腿上套上了"绔"。这个"绔"便是现在裤子的祖先了，其实也就是一种"套裤"。《释名》中也说过，"袴跨也。两股各跨别也"。所以古代最初的裤子，是两个裤筒绑在腿上，上面由绳子绑在腰中，

这样便固定了裤子。由此，产生裤子的同时，腰带也就应运而生了。

"绔"一般都是长裤，是有裆的裤子，而在裤裆缝合后，也就同下裳一样，有了遮羞的功效，因此渐渐替代了外面的裙裳，成为一种外穿的服装。

有裆的女裤

当"裤"产生以后，一般都是男子才可以穿的。但是也有例外，像在战国时期妇女曾穿裤子。在湖北的江陵马山楚墓中，出土的二十件女服中，就有一件是锦裤。这说明当时的女子是被允许穿裤子的，而她们穿的是没有裤裆的套裤。古代女性不穿裤子无伤大雅，因为一般她们都不骑马，穿下裳便足以遮羞。

那么，女子穿有裆的裤子是从什么时候开始的呢？

相传西汉昭帝的上官皇后，是一位嫉妒心极强的女人。当时上官皇后想为昭帝生皇子，这样就能够巩固自己在后宫中的地位了。没想到这个皇帝身体太差了，而身边的宦官为了讨好上官皇后，就提出皇帝要节制房事。而这样后宫女子便穿起了有裆的"穷绔"。不只是有裆，而且在裤子上还有好多缠绑的带子。于是，这些宫女就不能随便得到皇帝的临幸了，而上官氏也可以独自享有皇帝了。

从此，有裆的裤子就产生了，也在民间流传开来。算起来，这种女裤也有将近两千年的历史了。后来，受到北方民族大融合的影响，中原的民间女性也穿上了紧口裤子。但裤子毕竟不是女子的常服，在封建礼仪下，女子穿下裳，才能显出大家闺秀的样子。

绣花鞋和袜子的故事

古时女子出门也可以穿木屐，但是平常居家的时候可就不行了。那么古代的女性平常又穿什么鞋呢？除了鞋子之外，古人也是要穿袜子的，不然光着脚穿鞋多别扭啊！那么古代的袜子又是怎样的呢？

三寸金莲配"绣花鞋"

古代汉族妇女平常穿的鞋，被称为"绣花鞋"。穿绣花鞋可是缠足女性的专利，因为当时女性的脚，由于缠足的缘故，都很小，所以最适合她们的就只有绣花鞋了。

说到女子绣花鞋，就不能不说女子缠足的事情。

传说在五代十国时期，南唐李后主的后宫有这么一个宫女，她叫窅娘。这个人跳舞跳得极好，也非常讨后主的喜欢。一天后主让工匠修建了一座足有六尺高的金莲花，而窅娘的脚也被布给裹上了，包成了新月状。当窅娘在金莲花中起舞的时候，仿佛有一种凌云的姿态。李后主看后赞不绝口。从此，裹脚的习俗就在后宫及富户中流传开来。到了宋代，汉族的民间妇女也纷纷效仿，把缠足当成了一种美的象征。

到了明清时期，"三寸金莲"被用来形容女子的美，这女子要不是小脚的话，她恐怕都嫁不出去了。缠足成了强制的行为。随着缠足和"三寸金莲"的出现，绣花鞋便出现了。那这鞋是什么样子的呢？

先看这鞋帮，由两片结合成的，缝合连接的地方是用花绒线结成的。在鞋跟处有"拔襻"，就是一种用布做成的套。鞋帮和

鞋底缝合时，要能够使鞋底头部呈翘状。这样的鞋一般只能是妇女亲手制作，同时也可以由母亲代做。因为当时处于封建礼教约束之下，女子的鞋子自然被当成私密之物，不只是外面的男子，就连自己的父亲看到自己的绣花鞋也是有违礼教的。这鞋之所以叫"绣花鞋"，主要是因为女子在缝鞋的时候，在鞋帮上面绣上了牡丹、玫瑰、茉莉、菊花等各种花纹，这就蕴涵着女子像花一样美丽的意思。

穿绣花鞋在古代民间也是有讲究的，如果这名女子有了归宿，那她就得做上三双绣花鞋，来作为自己的嫁妆。这第一双鞋是结婚拜天地穿的，取的名叫"玉堂富贵"；这第二双鞋是坐轿子前穿的，也有个名叫"福寿齐眉"；在结了婚以后，就要穿第三双鞋了，这鞋被称为"梅兰竹菊"。而之前在婚礼上穿的绣花鞋，那都是要被压在箱子底下的。

时过境迁，裹脚的习俗已经被废除了，但是绣花鞋仍然存在，如今它的做工仍然很精美，而且样式更加丰富艳丽，自然一直受到女孩子的喜欢。

袜子也要系带

古人的足下除了穿鞋，同今人一样也是要穿袜子的。不过古人最初的袜子，是由兽皮制成的。穿鞋就已经很保暖了，但是为什么还要发明袜子呢？

其实，在古代有一种风俗，那就是"脱履上堂"，也就是说你到别人的住所拜访，登堂入室的时候，是一定要脱鞋的。那脱鞋之后，总不能光着脚站着吧，尤其是在寒冷的冬天；另外，光着脚也是对人家的不礼貌啊。这样就发明了皮袜，穿皮袜站在冰冷的席子上，脚下就会觉得很暖和。从此，皮袜流行了很长的时间。

而在古代，这个袜子是被称作"足衣"，它还是要系带的呢！当时的袜了样式其实很简单，就像现在的小口袋一样，当然在裁剪制作上，要依照脚的外形来制作。它大概有一尺，在袜口上面还有一个带子，专门用来把袜子固定住绑紧。

在马王堆汉墓中，就曾出土过像上面描述的袜子，不过出土的是两双绢制的夹袜。这就说明在西汉的时候，袜子不仅有皮革的，同时还有丝帛面料制作而成的。因为，人们发现与皮袜相比，穿丝袜、布袜要更舒服。一般这种布帛的袜子，是根据脚的尺寸制作的，大体上是平头有跟儿的，袜筒的后部是敞开套脚的，同样也有带子缀着，用来系在脚踝上。

古代男女都是可以穿袜子的，像我国曾出土过一双女性的袜子，这双袜子颜色很鲜艳，由黄、白、紫三种颜色的丝织成的，质地很轻柔，袜子是直筒的，没后跟。同样在这座墓中同出土的男袜，颜色是以红色为主，同时绣有复杂的图纹，袜子头部是呈圆形的，而且有后跟。这就是古代男袜和女袜的不同之处。

唐宋及以后，民间男女穿的袜子都以布帛为主，到了冬天，为了御寒，袜子便用数层布帛织成，更有人想到在袜子内放上棉絮，这样就很保暖了。时至今日，人们仍在穿着袜子，不过种种的礼俗已经淡化了，袜子的质量好坏和舒适度，成了如今人们购买袜子的重要标准。

自然淳朴的黎族服饰

黎族妇女精于纺织，传统服饰自然淳朴，花边图案富于变化，异彩纷呈，黎锦、黎单闻名于世。黎族服饰之美沉淀了千年，那根纺线也跳跃了千年。

黎族服饰凝聚着黎族人民的智慧，具有鲜明的民族特色、地域特色及丰富的民族文化内涵，是黎族历史文化的"活化石"。

男女服饰之别

黎族妇女以精致细腻的手工，织出了古朴而有神秘感的本民族服饰。黎族服饰的主要色调为黑色，使用来自自然的染色剂。服饰上衣色调单一，无花纹图案。

黎族妇女上衣长袖开胸，无扣子。衣领平而长阔，袖筒边条绣白色小布条。不过老人是不穿有白颜色的黎服黎裙的，视为不吉利。女子黎裙成筒状，又长又宽，上面有多样的花形图案。

黎族男子上衣长袖，开胸对襟，无领无扣，基本呈全黑色，比女子上衣更要单一。男裙相对较短，与上衣相似，无花纹图案。男裙可展开成一块宽长的布，穿时围腰系紧绳子，这是地地道道的开衩裙子。男子黎裙服饰更多表现的是男儿坦荡不羁、潇洒自在，还有随意古朴。

不同支系的黎族服饰

海南黎族共有五个支系，各支系间的服饰有着明显的不同。白沙县一带黎服较为原始，女子穿青布贯头衣，衣侧和袖口饰有精细的两面绣纹样，下着黎锦短筒裙。妇女绾髻于脑后，骨簪雕有精细花纹。男子传统装束为上穿无领对襟衣，包头帕，衣物有少量绣饰。

保亭县一带的杞黎女子善织，筒裙和头帕皆用精美的黎锦制作。女子穿无领对襟衣、筒裙，包筒状头帕，喜佩各种银饰。男子上穿无领对襟衣，腰系布裙。

乐东县侾黎女子穿对襟开胸无纽扣上衣，领襟和后背有粗犷的绣饰，家织青色条纹布中筒裙。男子传统装束为条纹布对襟无纽扣中长衣，系兜裆布，头插羽毛。

东方县美孚黎女子上穿大领对襟衣，下着扎染织花长筒裙，长发绾髻于脑后，包黑白条纹布头帕。男子穿大领对襟衣，服式较女装宽肥些，下着及膝包裙，脚穿木屐，头戴斗笠。

保亭县德透黎女子穿立领大襟窄袖紧身翘襟上衣、织花长筒裙，脚穿花鞋，喜欢佩戴各种银饰。

黎族服饰源于自然

黎族服饰主要利用海岛棉、麻、木棉等原料织缝而成。有些地方用"树皮"（野生麻类），作为纺织原料。黎族服饰过去绝大部分是自纺、自织、自染、自缝的。染料以采集植物为主，矿物为辅。青、绿、蓝等颜料多用植物叶子制成，黄、紫、红等色彩利用植物花卉加工而成，棕色是利用树皮或者根块切成碎片后投入少量石灰（溪河螺自烧而成的石灰）煮水制成。着色时，将布料、线团放在染缸中浸数回，使其均匀，料身染上色彩后，变得坚挺。

黎族服饰图案较多采用平日喜闻乐见的人物纹、动物纹、植物纹以及几何纹等，不同地区有所侧重。这些图案的造型稚拙夸张，构思大胆巧妙，运用直线、平行线、方形、三角形等构成整齐的富有装饰风格的花纹图案。在色彩上，一般采用红、黄、白等几种，配色和谐，绚丽华美。黎族妇女的头巾、上衣、筒裙往往嵌入了金银箔、云母片、亮片或羽毛，有的缀以贝壳、穿珠、铜钱、铜铃或流苏等，更产生了有声有色的特殊效果。

美丽的黎锦

黎锦是以棉线为主，麻线、丝线和金银线为辅交织而成。黎锦制作精巧，色彩鲜艳，富有夸张和浪漫色彩，图案花纹精美，配色调和，鸟兽、花草、人物栩栩如生，在纺、织、染、绣方面均有本民族特色。黎锦三千年辉煌、厚重的文化底蕴，不朽的艺术创造，是中国纺织史上的壮丽诗篇。

瑶族服饰——源于自然

瑶族人精于织染、刺绣，服饰多种多样。服饰均用自染的土布制作，有一套完整的蓝靛印染技术。服饰色彩常用红、绿、黄、白、黑五种，采用挑花、刺绣、织锦、蜡染等工艺制作，五彩斑斓，美轮美奂。

瑶族主要分布在广西壮族自治区和湖南、云南、广东、贵州等省，支系众多，分布广阔，各支系服饰也不尽相同。此前瑶族曾因服饰的颜色、裤子的式样、头饰的装扮不同而得各种族称，如广西南丹"白裤瑶"、龙胜"红瑶"，这从一个侧面反映了瑶族服饰的色彩、款式之丰富。

瑶族服饰聚焦

瑶族人的服饰多种多样。广西防城花头瑶女子穿对襟交领式长衣，衣襟滚边，袖口镶饰布条，下着短裤、绑腿，用红穗缠头，顶一方挑绣几何纹头帕。广西大瑶山花兰瑶女子穿对襟交领式长衣，衣侧开衩，领襟、衣摆、袖子皆施以精美的红色绣饰，下着青布短裤、织锦绑腿、木屐，青布帕、白帕包头，颈尖佩戴银圈等饰物。云南金平红头瑶女子穿青布对襟长衣，领襟有红色绣饰和一排银牌，腰系青布带，带端刺绣几何纹，下着刺绣精美的宽大花裤，其裤子堪称珍贵艺术精品。常见的瑶族男子服装有对襟、左大襟短衣或长衫，束腰带，裤子也有长裤和短裤之分，以蓝色为主。较为特殊的是广西南丹白裤瑶男子的白色灯笼裤，宽臀紧腿，造型奇特。

瑶族各支系服饰存在较大差异，男子服装以青蓝色为基本色调，以对襟、斜襟、琵琶襟短衣为主，也有穿交领长衫的，配长短不一的裤子，扎头巾、打绑腿，朴实无华。

妇女服饰有穿大襟上衣，束腰着裤的；有穿圆

领短衣，下着百褶裙的；还有穿长衫配裤的。瑶族服饰的挑花构图风格独特，整幅图案均为几何纹。

多姿多彩的头饰

瑶族头饰极为丰富，白裤瑶男子长发梳辫盘于头顶；大排瑶男子蓄发绾髻，头包红布，插饰野鸡尾；蓝靛瑶男子喜戴编制精美的马尾帽。茶山瑶女子戴三对翘翘大银板，花瑶女子戴狗头冠，盘瑶女子的锦绣帽绚美多姿，顶板瑶女子头顶“峨冠”；用锦帕包出的各种奇特的女子头饰数不胜数。

瑶族头饰颇具特色，多姿多彩：有龙盘形、A字形、月牙形、飞燕形等；有的戴竹箭，有的竖顶板，有的戴尖帽，有的戴竹壳。广西贺县的瑶族妇女戴十余层的塔形帽子，颇为壮观。湖南瑶族的女子以蜂蜡涂发，椎髻于顶，无论寒暑，均以花帕包裹呈

梯形，用峨冠形的斗篷罩在上面，避风遮阳，清秀大方，犹如学士帽，又似宫妃绣冠，婚后则取下峨冠，表示已成家立业，开始新的生活。对神的崇拜甚至体现在传统服饰上。瑶族服饰美还集中地反映在挑花的构图上，挑花图案以及服饰的特征在某种程度上是宗教的反映。广西西林县瑶族保留着一件已有数百年的师公（宗教）服饰，上面绣有许多天神、山神、雷神、日神等，表达了瑶族人民多种崇拜的心理特征、抽象的文化意识。

在远古时代瑶族就会运用抽象的文化意识。南丹瑶族男子白色裤上的五条垂直红线，相传是瑶族祖先为了捍卫民族尊严而带伤奋战的十指血痕。女子着无袖、无扣、贯头褂衣，两侧不缝合，仅将前后襟底边相连，下着蜡染裙，背饰花背牌。其上的方形图案，传说是当年被土官夺走的瑶王印章的模样，绣在衣上以示纪念，也是他们氏族图腾的标志。

白衣民族——朝鲜族的服饰

朝鲜族自古就有"白衣民族"之称。朝鲜族丰富多彩的民族服装，是朝鲜族人民思想意识和精神风貌的体现。朝鲜族人喜欢素白色服装，服装呈现出素净、淡雅、轻盈的特点，不仅给我们带来了美的享受，更充实了中国服饰艺术的宝库。

朝鲜族主要分布在黑龙江、吉林、辽宁三省，其中吉林省延边朝鲜族自治州的朝鲜族居民使用朝鲜语及文字，杂居地区的朝鲜族通用朝鲜语和汉语。朝鲜族是个能歌善舞的民族，不论男女老少，都能即兴放歌，翩翩起舞。而他们的服饰将舞蹈最大限度美化，轻盈如蝶，翩翩而起，给人以美感。

朝鲜族服装的特点

白色是朝鲜族最喜欢的服装颜色，象征着纯洁、善良、高尚、神圣，因此朝鲜族自古就有"白衣民族"之称。朝鲜民族服装的结构自成一格，上衣自肩至袖头的笔直线条同领子、下摆、袖肚的曲线，构成曲线与直线的组合，没有多余的装饰，体现了白衣民族古老袍服的特点。

朝鲜族传统女装

朝鲜族女子婚前穿鲜红的裙子和黄色的上衣，衣袖上有色彩缤纷的条纹；婚后则穿红裙子和绿上衣。年龄较大的妇女，可在很多颜色鲜明、花样不同的面料中选择。

朝鲜族妇女的短衣长裙，是朝鲜族服饰中最具传统的服装。短衣在朝鲜语中叫做"则高利"，是朝鲜族最喜欢的上衣，女性穿起来潇洒、美丽、大方；长裙，朝鲜语叫做"契玛"，是朝鲜族女子的主要服饰，腰间有长皱褶，宽松飘逸。年轻女子和少女多爱穿背心式的带褶筒裙、裙长过膝盖的短裙，便于劳动。中老

年妇女多穿缠裙、长裙，冬天在上衣外加穿棉（皮）坎肩。

朝鲜族妇女头饰较简单，女孩多留娃娃头短发，未婚少女梳一条长辫，婚后绾发于脑后，除在辫根和辫梢系彩色头绳及在发髻上插金属簪外，无其他饰物，朴素大方。

朝鲜族传统男装

朝鲜族男子一般穿素色短上衣，外加坎肩，下穿裤腿宽大的裤子。外出时，多穿以布带打结的长袍。男子短衣朝鲜语也叫"则高利"；成年男子的上衣衣长较短，斜襟、宽袖、左衽、无纽扣，前襟两侧各钉有一飘带，穿衣时系结在右襟上方。他们还喜欢黑色外套或其他颜色的带纽扣的"背褂"即坎肩，朝鲜语叫"古克"，一般套在"则高利"上衣的外面，多用绸缎做面，毛皮或布料做里，有三个口袋、五个扣，穿上显得特别精神。

朝鲜男子爱穿"灯笼裤"，这种裤子裤长腰宽，而且白色居多。

"巴基"是指传统的朝鲜族服饰裤子，其裤裆、裤腿肥大。由于朝鲜族传统房屋都有火炕供暖系统，人们常常是坐卧在地面的垫子或席子上，穿这种裤子便于在炕上盘腿而坐，随意轻松，裤腿系有丝带，外出时可以防寒保暖。

朝鲜族传统儿童服

朝鲜族儿童服装主要是七彩衣，是用七色绸缎给儿童做的衣服，好像彩虹在身。朝鲜族认为彩虹是光明和美丽的象征，或出于审美心理，或出于避邪的目的，意在让儿童美丽幸福，使孩子们显得更加聪慧、活泼可爱。

朝鲜族官服

过去朝鲜族的官服，随官职、身份而异，但基本式样大体上是冕服，用黑色绸缎做团领，受中国冕服十二章纹饰的影响，肩部亦有带色之龙，袖口画有火、华虫、宗彝等图案。裳用红绸缎缝制，裳前有藻、粉米的纹饰图案。

美丽的羌族服饰

羌族人民的服饰朴素、美观而具特色。古代羌族多着皮制、

毛制衣装，现在服饰的面料更加多样化。妇女服饰鲜艳多彩，每逢节日喜事，羌族妇女盛装艳丽，雍容华贵。羌族妇女挑花刺绣也久负盛名，羌族服饰已列入中国非物质文化遗产代表作名录。

羌族主要聚居地在四川省阿坝藏族羌族自治州的茂县、汶川等地。羌族有自己的语言，属汉藏语系藏缅语族羌语支。羌族历史可追溯到古殷商时代，早在三千多年前，殷代甲骨文中就有关于羌人的记载。唐时，一部分羌人同化于藏族，一部分同化于汉族，今天四川西北部的羌族人是古代羌人中保留下来的一支。

羌族服饰的故事

羌族古代服饰中以披毡最具特色。文献记载，两汉时甘青羌人"女披大华毡以为盛饰"。而与之相同时期的"滇族"等羌支民族的贵族男子也多披毡。可见，披毡原为羌族最古老的服饰之一。唐宋时期，羌族披毡已较普遍，《新唐书·党项传》称："男女衣裘褐，被毡。"这一服饰传统，至今在羌支民族彝族中仍有遗存。

羌族服饰面料以皮裘、毛、麻织品为主。道光《茂州志》载："其服饰，男毡帽，女编发，以布缠头，冬夏皆衣毡。"羌族缠头之俗在乾隆年间《职贡图》中已经出现。在漫长的历史变迁中他们的服饰也发生着变化。男女皆穿自织的白色麻布长衫，形似旗袍。男则长过膝盖，女则袭脚背。妇女衣服绣有鲜艳的花边，领上镶有一排梅花图案银饰。男女都在长衫外套一件羊皮背心，俗称皮褂褂，晴天毛向内，雨天毛向外以防雨。还有一种背心是羊毛毡子做的，较前者略长。

羌族男女头部皆缠青色和白色的头帕。女的或头顶瓦状的青布一沓，然后以两根发辫缠绕其上作髻。男子也有梳辫包帕子的。松潘、黑水一带的男子蓄发，缠以丝绒编成辫子绕成发髻于脑后。男女皆束腰带，打绑腿，绑腿用羊毛织成，用以御寒。男子足着草鞋、布鞋或牛皮靴，行路时多赤足。妇女着尖钩鞋，鞋面素净或绣花。男子亦有穿尖钩鞋的。妇女与男子衣服不同的地方是领边、袖口、腰带和鞋子上常挑有圆圈纹、三角纹等几何花纹图案，衣领上镶有一排梅花图案银饰。另外，妇女喜戴特大的银质耳环，其他还有银质的簪子、戒指和牌等饰物。这些饰物也有用玉或珊瑚制成的。妇女腰上佩银质针线盒一个，男子则佩银质烟盒一个。

羌族的刺绣

　　"此情有景道不得，羌姑刺绣在前头。"在羌寨，羌族刺绣总是一道美丽的风景。羌绣是活着的具有灵性的景观，作为骁勇善战的羌族，在刀光剑影中开放出的温柔的花，一直鲜艳开在羌族人的生活中。羌绣无疑是羌族民间工艺的一朵奇葩，羌族无论老少皆穿戴羌绣制品，尤其是妇女从头到脚均有羌绣点缀。羌绣多以粗布、棉线缀成黑底白纹，再绣有各种图案。颜色对比强烈，却十分和谐。其中挑花和刺绣，是羌族妇女的拿手好戏。这些色彩艳丽明快、图案古朴精美的绣品，无论是点缀服饰还是装扮居

室，都显得秀美而大方。

朴实的土家族服饰

土家族俗尚简朴，无一切奢靡之风，服饰宽松，装饰简单，注重喜色。随着时代的发展和社会的进步，土家族服饰虽历经变革，但仍然保留了本民族传统的特点。

有关土家族的历史，在宋代有文献记载，但在这个时期及以前，所有文献都未谈及土家族的服饰。直到清代，土家族服饰才正式载入了文献。土家族服饰崇尚简朴，喜爱宽松，装饰简单，注重喜色，具有鲜明的民族特色。布料多为"家几布"，绣以五彩斑斓之色，史称溪布、峒巾、土锦，现称土家织锦。

男子服饰

土家族的服饰花样甚多，但最常见的要数背褡子。春秋时节穿夹背褡，冬天穿棉背褡。男女背褡多用青（黑）色，衣襟和袖口绣有白底蓝色花边。这是土家族成年男女共同的服饰色调，一黑一白，黑白分明。

土家族男性头包青丝帕或青布，白布帕二至三米长；男性穿对襟背褡。还有一种较古老的上衣叫"琵琶襟"，安铜扣，衣边上贴梅条和绣"银钩"。后来逐渐穿满襟衣（多指中年以上者）和对胸衣，青年人多穿对胸衣，正中安五至七对布扣。男裤是其男子服饰的杰出代表。青、蓝布加白布裤腰，两裤脚及腰的尺寸接近，短而肥。镶蓝布条做裤头，裤腰由左向右折叠，以绳系紧，故称这种裤子为"左转弯"。鞋子是高面白底鞋。土家男子的服饰与妇女相比，则充分体现了勇武、剽悍的男子汉气质，具有宽松自如、行动方便等特点。

女子服饰

土家族女性头包一至三米青丝或青布帕,穿大褂,上衣左开襟,袖大而短,无领,滚边,衣襟和袖口有两道不同的青边,但不镶花边。银钩衣为矮领,衣襟和袖口镶宽青边,袖口青边后再加三条五色梅花边,胸襟青边则用彩线绣花。衣大袖大,袖口镶宽边,下穿镶边筒裤或八幅罗裙。

少女的服饰则以细长为特点,无领,或左或右开襟,袖口和襟为青边或花边。姑娘出嫁时的衣裳装饰更是斑斓多彩,最为典型的要数土家姑娘出嫁时途中穿的"露水衣"。这种衣装由上衣、裤、裙三部分组成,上衣为大襟、大袖、大摆,下衣裤脚宽大而

短，裙为八幅罗裙和百褶裙，脚穿绣花鞋，亦称露水鞋，佩戴的银饰有髻、针、手镯等。

女鞋较讲究，除了鞋口滚边挑"狗牙齿"外，鞋面多用青、蓝、粉红绸子做面料。鞋尖正面用五色丝线绣各种花草、蝴蝶、蜜蜂。绣花鞋垫，是姑娘赠给意中人最珍贵的礼物。

孩童服饰

孩童的服饰，帽子很有特点。按年龄、季节确定帽形，如春秋戴"紫金冠"，夏季戴"冬瓜圈"，冬季戴"狗头帽"、"鱼尾帽"、"风帽"等。这些帽子上除用五色丝线绣"喜鹊闹梅"、"凤穿牡丹"和"长命富贵"、"易养成人"、"福禄寿禧"等花鸟和字外，还在帽檐正面缝上"大八仙"、"小八仙"、"十八罗汉"等银菩萨。

土家族的孩童衣裤多不讲究，主要注重的是鞋帽。小孩的鞋为老虎鞋，用红绸缎做面料，鞋尖向后翻，两耳插上兔毛，前绣一个"王"字，两侧绣花。土家族是崇虎的，小孩穿戴虎帽、虎鞋是受虎的"围抚"，邪恶不敢侵害，可避邪壮威，又可使小孩显得天真活泼、伶俐威武。

服饰设计

土家族妇女服饰上的衣袖与裤脚图案完全采用"挑花"刺绣，也就是在布上用针刺上连贯的"小十字"，以之连成线条或方块，再组合成花鸟鱼虫等图案。在构图中，运用色彩变换，体现出律动感觉。用色为绿、红、黄或黄、绿、红，这种形同色异，不换形而换色的方法，促使呆板的、单一连续的纹样丰富起来，艳丽多姿，给人以美的享受。

第四章　饮食文化

饮茶习俗

中国是茶的故乡，有着悠久的种茶历史，又有着严格繁琐的敬茶礼节，还有着内涵丰富的饮茶风俗。

茶在中国被誉为国饮，饮茶之礼源远流长，多有讲究。

以茶代礼

中国有以茶代礼的风俗。南宋都城杭州，每到立夏，家家户户烹新茶，并配以各色细果，馈送亲友比邻，叫做"七家茶"。在茶杯内放两颗青果、橄榄或金橘，表示新春吉祥如意的意思。

茶礼还是中国古代婚礼中的一种礼节。民间男女订婚以茶为礼，女方接受男方聘礼，叫"下茶"或"茶定"，并有"一家不吃两家茶"的谚语。同时，还把整个婚姻的礼仪总称为"三茶六礼"。

品茗礼仪

俗话说"以茶会友"，古代也有"寒夜客来茶当酒"之说，其中就体现着茶的交际功能。在茶事活动中常用的礼节有以下几种：

第一种是鞠躬礼。鞠躬礼分为站式、坐式和跪式三种。主客之间行礼称为"真礼"，客人之间行礼称为"行礼"，说话前后行礼称为"草礼"。站式鞠躬与坐式鞠躬比较常用，两手平贴大腿徐徐下滑，上半身平直弯腰，弯腰时吐气，直身时吸气。弯腰到位后略作停顿，再慢慢直起上身。行礼的速度最好与他人保持一致，以免出现不协调感。

"真礼"要求行九十度礼，"行礼"与"草礼"弯腰程度较小。

第二种是伸掌礼。伸掌礼是品茗过程中使用频率最高的礼节，表示"请"与"谢谢"，主客双方都可以采用。两人面对面时，均伸右掌行礼对答。两人并坐时，右侧一方伸右掌行礼，左侧方伸左掌行礼。伸掌礼将手斜伸在所敬奉的物品旁边，四指自

然并拢，虎口稍分开，手掌略向内凹，手心中要有含着一个小气团的感觉，手腕要含蓄用力，不至显得轻浮。行伸掌礼同时应欠身点头微笑，讲究一气呵成。

第三种是叩指礼。叩指礼是从古时中国的叩头礼演化而来的，叩指即代表叩头。早先的叩指礼是比较讲究的，必须屈腕握空拳，叩指关节。随着时间的推移，逐渐演化为将手弯曲，用几个指头轻叩桌面，以示谢意。

第四种是寓意礼。寓意礼是寓意美好祝福的礼仪动作，最常见的有凤凰三点头，即用手提壶把，高冲低斟反复三次，寓意向来宾鞠躬三次，以示欢迎。高冲低斟是指右手提壶靠近茶杯口注水，再提腕使开水壶提升，此时水流如"酿泉泻出于两峰之间"，接着仍压腕将开水壶靠近茶杯口继续注水。如此反复三次，恰好注入所需水量，即提腕断流收水。另外还有双手回旋即在进行回转注水、斟茶、温杯、烫壶等动作时用双手回旋。若用右手则必须按逆时针方向，若用左手则必须按顺时针方向，类似于招呼手势，寓意"来、来、来"表示欢迎。反之则变成暗示挥斥"去、去、去"之意。

另外放置茶壶时壶嘴不能正对他人，否则表示请人赶快离开。斟茶时只斟七分即可，暗寓"七分茶三分情"之意。

第五章　建筑的文化

城堡式居民建筑——王氏庄园

王氏庄园是中国古建筑史上一处罕见的超规制清代城堡式民居建筑群。整座建筑以灰色调为主，古朴大方，给人以庄重典雅的感觉。庄园建筑既不同于皇宫官府，又不同于一般民居，是我国北方民居建筑的极品。

出保定顺平县东北10余里，一座巨大的庄园跃然在目。庄园占地279亩，原有50多套宅院、500余间房屋，现存65亩、房屋163间。庄园主要建筑布局呈四方形，坐北朝南排列在一条直线上，内有东西排列四合院两排，四合院各院前后贯通，左右相连。

王氏家族的传说

王氏家族的发迹，就像山上的云雾一样，被蒙上了一层神秘的面纱，几百年来，众说纷纭，留下了种种美丽动人的传说。有的说王氏家族的发迹是跑马圈地得来的；有的说是王氏第四代族人王佩上村北山腰刨荆根，刨出了大量金银宝贝；还有人说，曹雪芹在《红楼梦》中描写的四大家族中的王家，就是顺平县的王氏家族……据考证，王氏家族祖居辽宁铁岭，后迁入河北境内。

王氏的发迹约在清代初年，王氏庄园的初建也大约在清初。

王氏庄园是具有典型北方特征的古代民居，它采用了北京四合院的建筑规制，并大胆创新，体现了独特的建筑个性，是中国北方建筑文化的大观园。庄园设计充满传统情调，在空间上以儒家的伦理思想为指导原则，主屋与厢房之间尊卑有序，通道开阔，小巷幽深，又具有北方居室的风水观念。

王氏庄园的南院在整个庄园的最南部，也是庄园现有的主要景观。一条内街将南院分为南北两院。南院当年是主人的场院，建有粮仓、店铺、账房、收租院、车马院等，如今属于一所中学，当年的情景已荡然无存。北院为住院建筑区，也就是我们今天见到的庄园。

王氏庄园主要建筑

八角楼

八角楼建于1930年，坐落在庄园北院。主要功能为防御土匪的侵扰。建筑分上下两层，顶上原为防御挡墙，后被日本兵拆毁。此门口正对街中几个主要街道，建筑设为八角楼式，便于抵御。八角楼南北长15.5米，南墙宽5.85米，北墙宽2.91米。该楼有4个直角、4个钝角，2个内直角。楼基高3米。大门雄伟高大，设有两层木门，两套串杆。为坐西朝东的东北门。对防盗防匪有很强的安全作用。

大券门

大券门与八角楼相连，为过街楼门。券上建有二层楼，四方留有窗户、枪眼，也称炮楼。站在楼上可以看到四面八方的情况。到晚上掌灯时分就大门紧闭，禁止外村人入内。该楼为著名工匠王德付建造，建造时就地取材，用自家地的树木，砖瓦都是取自家田地的土烧制。

元宝洞

庄园建筑的东南侧建筑物下有一偏僻院落，坐西朝东砌有4条砖洞，一溜排开。南北各3间陪房，独立门院。洞高3米，洞深8米左右。4条洞底头都建有神龛位置。原为王氏庄园存放元宝、珠宝的仓库，因此称作元宝洞。

九间楼

九间楼为王氏庄园九门相照院落的最高主体建筑。为上下两层，原楼顶上边有掩体式的防御墙，"文革"中被拆除。现仅南陪房上留有一排单人掩体，保存非常完整。

五间楼

五间楼位于北院，与九间楼相映，但略靠前。建筑风格与九间楼相同，前与王氏庄园客厅、书房、客房院落相通。

中国历史文化名村——张谷英村

湖南省岳阳市岳阳县张谷英镇的张谷英村古建筑群，至今已有500多年历史，其建筑规模宏大、建筑风格独特、建筑艺术精美，在中国并不多见，是汉民族聚族而居的典型代表，被人们称为"江南第一村"。

张谷英村的由来

500多年前，江西有一个叫张谷英的人，宦官出身，知天文地理，通晓风水。为了谋生，张谷英携一家老小从江西一路西行来到湖南。他看到这个地方四面环山、层峦叠嶂、茂林修竹、流水潺潺，是一个适宜居住的乐土，便在这里兴建住宅安了家。后来子孙繁衍生息，不断分家立户，便形成了如今这样一片楼阁参差、路道纵横、屋脊连着屋脊、天井接着天井的大屋场。张家的后世子孙便以其始迁祖的名字命名他们的住地为张谷英村。

据考证，张谷英村古建筑有几绝，第一绝是"分则自成庭院、合则贯为一体"的独特框架。张谷英村几经沧桑，基本上保留了原状。比较完整的门庭有"上新屋"、"当大门"、"潘家冲"3栋，总建筑面积5.1万平方米。3栋门庭各自分东、西、南方向设置，主庭高壁厚檐，围屋层层相围，总体布局依地形呈"干枝式"结构，主堂与横堂皆以天井为中心组成单元，分则自成庭院，合则浑然一体，其"形离势合"的布局，在对称、均衡、向中的"干枝式"中，充分体现出封建家族制度长幼尊卑的准则和团结、凝聚的思想，也体现出星相相通、地理吻合的天人合一的哲学思想。

大屋场里，每栋门庭规格不等而又相连，都由过厅、会堂屋、祖宗堂屋、后厅等"四进"及其与厢房、耳房等形成的3个天井组成。厅堂里廊栉比，天井棋布，工整严谨，格局对称，形式、尺度和粉饰色调都趋于和谐统一。建筑材料多以木材为主，青砖花岗岩为辅，气势恢弘，成为村落建筑中的一道特殊的亮丽景观。

张谷英村古建筑第二绝是"溪自阶下淌，门朝水中开"、"天晴不暴晒，雨雪不湿鞋"的格局。张谷英村房屋大都是依山而建，伴溪而筑，到处是曲径通幽，小桥流水，栋宇相连。渭溪河迂回曲折穿村而过，河上大小石桥47座。屋宇墙檐相接，参差在溪流之上，傍溪建有一条长廊，廊里用青石板铺路，沿途通达各门各户，连接每一条巷口，巷道共有60条，纵横交错，通达每个厅堂，最长的巷道有153米。

张谷英村古建筑第三绝是天井为载体、合理通达、从不涝渍的排水系统。这里的天井随处可见，堂屋、厢房、厨房等处均有天井。四通八达的下水道，畅通无阻。据传，天井的排水管道是本着风水学上"山管人丁水管财，财宜藏而不宜泄"的原理设计的。所有天井的排水管都自上而下，到进门的第一个天井后左右转弯，从门前的烟火塘或渭漠河中泄出，整个过程藏而不露。虽然洞庭湖夏秋两季多暴雨，张谷英村又四面环山，如坐盆底，可一到雨天，天井底下横竖有序的石条下，凭其四通八达的隐形水道，水平适度，无一疏漏。500多年来，虽然经历多次暴雨洪灾，但从来没有出现过天井渍水堵塞之事。

张谷英大屋场不但规模宏大，而且房屋的建筑工艺精细，作为装饰品的砖雕、石刻和木雕都很精美。屋场木上雕花，石上刻字，处处皆画，步步有景，被誉为中国民俗艺术的"民间故宫"。

潮汕人的智慧结晶——潮汕民居

潮汕民居融汇千百年来潮汕人的智慧，如同山西平遥民屋的粗犷，瑶寨吊脚楼的野趣，江南徽屋的雅致，苏州园林的自然一样，潮汕民居也拥有自己独特的文化内涵，如"四点金"、"下山虎"、"四马拖车"。

潮汕传统民居的样式很多，并且喜欢用生动形象的名称来命名，如"四点金"、"下山虎"、"四马拖车"、"爬狮"等。

"四点金"是潮俗独特的村居，旧时只有殷富显达的家庭才能建造。"四点金"建筑格局有点像北京的四合院，外围一般有围墙，围墙内打阳埕，凿水井。大门左右两侧有"壁肚"。一进门就是前厅，两边的房间叫前房。进而是空旷的天井，两边各有一房间，一间作为厨房，称为"八尺房"；另一间作为柴草房，一般称为"厝手房"。天井后边为大厅，两边各有一个大房。

"下山虎"房屋的建筑在潮汕农村中较为普遍。建筑格局比"四点金"简单，少了两个前房，其余基本一样。

"下山虎"因为门路出入不同，因此有开正门和边门的区别。通常中间不开门而只开两边的称为"龙虎门"，也有既开正门又开两边门的。

四马拖车

"四马拖车"也称"三落二火巷一后包"，是"四点金"的复杂化。整个建筑格局就像一驾由四匹马拉着的车子，故名"四马拖车"。

"四马拖车"整个建筑的各个部分都有它特殊的功能。头进的"反照"是为了遮挡路人和客人的视线,不致屋里一览无余。通廊是主人和来访客人停放交通工具的地方。南北厅是平时接待客人用的,而长辈们重要的会见和议事则在二进和三进的大厅进行。三进的大厅还设置祖龛供奉祖宗灵位。逢年过节、祖宗忌辰、家人要出国,就要开龛门祭拜抑或向祖宗"告别";家人做了伤风败俗的事要绳之以家法,也要开龛焚香,让他在祖宗面前请罪。后库则是供办丧事时停放棺柩的地方。

"四马拖车"主体建筑的大房由长辈居住,最高长辈一般住在三进的房子,其他房间由小辈居住。磨房、厨房、浴室、厕所等生活用房都集中在左边的火巷。家中遇上办喜事,则各进大厅的禅门洞开。办丧事时更为隆重,不单要卸下"反照",还要卸下各进的禅门。所有天井架上地板,天井的上空撑起帐篷。这样一来,一、二、三进就形成了一个宽敞的大空间,便于进行各种活动。

总的来说,"四马拖车"的主体建筑前低后高,每进递增三级石阶,这样便于突出主要厅堂,更重要的是为了不让前进遮住后进,保证后进的采光。后包是为了保护主体建筑和防盗而设。当然,像这样大规模的房屋,一般人家是无缘问津的。

独特的建筑方式和材料

潮汕地区还保留着古老的建筑方式。原料一般采用红土和沙砾搅拌后筑成墙体,而不需要耗掉田里好泥土的砖块来筑墙,然后用泥沙和贝壳灰搅拌后涂墙面,也有部分是夯土或以木、草织成墙体,之前海滨贫民所居就多为这种称为"涂(草)寮"的茅屋,石材则多用于建筑构件的门框、栏板、抱鼓石、台阶、柱础、井圈、梁枋上和石牌桥、石塔、石桥大型建筑物的建造。屋面与屋脊，有通花陶瓷压顶，既可以透风又能压顶防风，还有双层（或三层）青瓦，上层为食七留三，底层食三留七，再压瓦筒，于两瓦之间隔热泄水。

最佳的生态建筑形式——吊脚楼

吊脚楼是苗族等少数民族的传统建筑，是中国南方特有的古老建筑形式，楼上住人，楼下架空，被现代建筑学家认为是最佳的生态建筑形式。

吊脚楼是我国西南地区苗族、壮族、布依族、侗族、水族、土家族等少数民族传统民居，多依山就势而建，呈虎坐形，以"左青龙，右白虎，前朱雀，后玄武"为最佳屋场，后来讲究朝向，或坐西向东，或坐东向西，具有鲜明的民族特色。

吊脚楼的创建

传说，土家人祖先因家乡遭了水灾迁到鄂西，当时的环境比较恶劣，古木参天、荆棘丛生、豺狼虎豹遍地，土家先人们搭起窝棚常遭到猛兽袭击。后来，一位土家的老人想到了办法。他让小伙子们利用现成的大树做架子，捆上木材，铺上野竹树条，在顶上搭架子盖上顶棚，修起了大大小小的空中住房，吃饭睡觉都在上面。从此，人们再也不怕毒蛇猛兽的袭击了。后来，这种建造空中住房的办法就发展成现在的吊脚楼。

单吊式吊脚楼是最普遍的一种形式，又称为"一头吊"。单吊式吊脚楼只有正屋一边的厢房伸出悬空，下面用木柱相撑。双吊式吊脚楼又称为"双头吊"或"撮箕口"，是单吊式的发展，即在正房的两头皆有吊出的厢房。单吊式吊脚楼和双吊式吊脚楼

　　并不以地域的不同而形成，主要看经济条件和家庭需要而定，二者常常共处一地。

　　还有一种四合水式吊脚楼，是在双吊式的基础上发展起来的。四合水式吊脚楼的正屋两头厢房吊脚楼部分的上部连成一体，形成一个四合院，两厢房的楼下即为大门。这种四合院进大门后还必须上几步石阶，才能进到正屋。

　　在单吊和双吊的基础上，人们又创造了二屋吊式吊脚楼，即在一般吊脚楼上再加一层，单吊双吊均适用。另有平地起吊式吊脚楼，也是在单吊的基础上发展起来的，单吊、双吊都有，建在平坝中，按地形本不需要吊脚，却偏偏将厢房抬起，用木柱支撑，支撑用木柱所落地面和正屋地面平齐，使厢房高于正屋。

　　土家族爱群居，喜住吊脚楼，所建房屋多为木结构，小青瓦，花格窗，司檐悬空，木栏扶手，走马转角，古色古香。一般居家都有小庭院，院前有篱笆，院后有竹篁，青石板铺路，刨木板装屋，松明照亮，一家过着日出而作、日落而息的田园宁静生活。

小康之家以三柱四骑为正屋，殷实人家有五柱八骑，还有七柱十二骑和"四合天井"的大院。两边配有厢房或转角楼，有正屋配单转角楼和正屋配双转角楼。正屋中间叫堂屋，正上方板壁上安有神龛，是祭祀祖先、宴请宾客之所。堂屋两边的左右房叫人间，人间又以中柱为界，分成两间。后面一间卧房住人，前面一间叫火堂。火堂中有一火炕，内架三脚架，作煮饭、炒菜、热水之用，是一家吃饭、取暖、休息之所，客人来了也坐在火炕边。火炕上吊一个木架，烘烤腊肉或食物之用。

瑶族吊脚楼

瑶族人多居住在山区，山区气候潮湿多雨而且炎热，住吊脚楼能通风避潮和防止野兽。瑶族人民根据实用性和环境特性，强化建筑性格，自由选址在柴水方便、风光优美的山地，采用数十棵杉木撑起的基脚，建起被称为"千脚落地"的木楼。整座木楼以杉木为柱、为梁、为壁、为门窗、为地板，以杉皮为盖顶，不油不漆，无矫无饰，一切顺其本色，自然天成，朴实无华，或金鸡独立于山脊，或连片成寨于坡前，或负山含水，或隐幽藏奇，千姿百态，格局自由，情调浪漫，冬暖夏凉，不燥不潮，空气新鲜，是瑶山人最好的居所。

苗族、侗族的吊脚楼也各具特色。如侗族吊脚楼结构严谨，有的高达五六层，却不使用一颗钉子，全系卯榫嵌和，显示了侗族建筑工艺的高超。

屋子里的习俗

帝王的房屋，恢弘巨制，富丽堂皇，说不尽王者尊严；官宦的房屋，白玉为堂金做马，"朱门沉沉按歌舞"，道不完富贵荣华；平常的民间门户，不过三间五架，扎柴为门，摆设些许家具杂什。无论是什么样的房屋，总会有些特定的讲究。

人与鬼争地

古时候，人们相信瘟疫流行是因为瘟疫鬼作祟。据《台湾风俗志》载，瘟疫鬼的居所，依日时不同，常在室内各处，如中庭、东西壁下、床上、床边、灶前、堂前等。如果不知瘟疫鬼何时正在何处，乱动乱撞室内的东西，便会受其祟患，染上疾病。

河北一带糊窗禁忌也与鬼有关。据《定县社会概况调查》载，秋后农家糊窗，如果在十月初一以前糊好，必须在窗上一角留一小孔，等过了十月初一后再补上。据说地狱酆都城到七月十五日会把鬼放出来，散落各处，等到十月初一再收回去。如果十月初一前糊窗不留孔，就会把鬼糊在屋里。

吃饭睡觉

汉族最重子嗣延续，屋门等于家门，所以忌讳常关屋门，唯恐"关门绝户"。人们还认为门槛是家神凭依之处，不准坐、踏、站在上边，而且忌讳用刀砍或砧，在上边砍东西也是不行的。否则，家中会招致灾异或破财。

鲁迅在《祝福》一文中写到祥林嫂曾在寺庙里捐门槛。柳妈说祥林嫂嫁了两个男人，"将来到阴司去，那两个死鬼的男人还要争，你给了谁好呢？阎罗大王只好把你锯开来，分给他们。"祥林嫂非常恐惧，不知所措。柳妈又说："你到土地庙里去捐一条门槛，当做你的替身，给千人踏，万人跨，赎了这一世的罪名，免得死了去受苦。"第二天，她果真到镇西头的土地庙里去求捐门槛，庙里勉强答应下来，价目是大钱十二千。快够一年，祥林嫂才用历年积存的工钱捐了门槛，非常高兴。谁知，冬至的祭祖时节，她坦然地去拿酒杯和筷子，却被主人大喝一声。她终于明白，捐门槛并没有让自己摆脱人们的歧视和封建礼教的压迫。

房子有很多用处，其中最重要的一个就是供人们睡眠、休

息，睡觉也有很多禁忌。比如，在房子里不允许烘着火埋头大睡，俗话说"房里无人莫烘火，烘火犹恐埋头睡"。如果执意如此，就会失火烧毁房屋。人们也忌讳睡觉时头朝窗户，头也不能枕窗台、门槛。

《风俗通义》云："俗说，卧枕户砌，鬼陷其头，令人病癫。"

《淮南人·氾论训》也说："枕户檩而卧者，鬼神照其首。"

人们还认为床的方向不能与屋梁交叉，否则，睡觉时身体与梁交叉，就是所谓的"担梁"，会导致贫穷凶厄。中原一带注重睡眠时对身体的保护，睡处不能太凉，有"夏不睡石，冬不睡板"的讲究。另外，《中华全国风俗志·吉林》记载："凡卧，头临炕边脚抵窗，无论男女尊卑皆并头，如足向人，则谓之不敬。唯妾则横卧其主脚后，否则贱如奴隶，亦忌之。"

房子里另一个经常性的活动，则是吃饭。灶是家庭中必备品，所以人们非常重视。浙江一带有二八月不造灶之说，因为这两个月建灶很不吉利。建灶时，禁忌孕妇、产妇或戴孝者在场观看，因为这些人"不洁净"，会冒犯神灵。如有怪罪，会有断炊、失火之灾。建灶的方向也颇讲究。河南一带忌讳灶门朝东、西、南三向，因为火门朝向东、西方，犯了"烧东西"的忌讳。俗话说："向南烧，燎太阳，向北烧，无祸殃。"

又说："扭南烧北，金银大堆。"这些都是民间的禁忌。

第六章　人生礼仪

人生开端礼——诞生礼

诞生礼是一个具有连续性的人生礼仪，从妇女未孕时的求子到婴儿周岁，一切礼仪都围绕着长命的主题，是对婴儿降生人世的一种认可和祝愿。

诞生礼又称人生开端礼或童礼。中国古代生命观重生轻死，因此把人的诞生视为人生的第一大礼，以各种不同的仪礼来庆祝，由此形成许多特殊的饮食习俗。

求子食俗

向神求子：祭拜主管生育的观音菩萨、碧霞仙君、百花神、尼山神等，供上三牲福礼，并给神祇披红挂匾。送食求子：吃喜蛋、喜瓜、莴苣、子母芋头之类，据说多吃这类食品，便可受孕。送物求子：包括送灯、送砖、送泥娃娃、送麒麟盆，相传这都是得子的征兆。

保胎食俗

对于孕妇，古人是食养与胎教并重，还有"催生"之俗。在食养方面，强调"酸儿辣女"、"一人吃两人饭"，重视荤汤、油饭、青菜与水果，忌讳兔肉（据说生子会豁唇）、生姜（据说生子会六指）、麻雀（据说生子会淫乱），以及一切凶猛丑恶之物（据说生子会残暴）。

在胎教方面，要求孕妇行坐端正，多听美言，有人为她诵读诗书，演奏礼乐。同时不可四处胡乱走动，不可与人争吵斗气，不可从事繁重劳动，并且节制房事。

在催生方面，名堂也很多。湘西一带是孕妇的母亲做一顿饭，二至五道食肴，饭食必须一次吃完，意谓"早生"、"顺生"。侗族是由娘家送大米饭、鸡蛋与炒肉，七天一次，直至分娩为止。浙江是送喜蛋、桂圆、大枣和红漆筷，内含"早生贵子"之意。

添丁报喜

孩子出生后，产妇家向亲友分红蛋或糖果，亲友收到红蛋后就要准备鸡、肉、蛋、面等礼品，送给产妇补身体。在婴儿降生当天，汉族有"贺当朝"，亲友带着母鸡、鸡蛋、蹄髈、米酒、糯米、红糖前来祝贺，产妇家开"流水席"分批接待。少数民族如土家族有"踩生酒"，畲族有"报生宴"，仫佬族有"报丁祭"。

产妇调养

孩子出生后，产妇开始坐月子，一方面补身，一方面开奶。食物多为小米稀饭、肉汤面、煮鲫鱼、炖蹄髈、煨母鸡、荷包蛋、甜米酒之类，一日四至五餐，持续月余。坐月子期内产妇要比平时多加衣服，前额要用帕子遮住以免受风；吃食不能太饱以免伤脾胃；产妇不能多说话以免造成舌疾；产妇不能干活以免造成劳疾；产妇不能用冷水洗手以免弄坏关节。同时还禁止生人进入产妇房中，以免造成婴儿的疾病，只许产妇的母亲、婆婆、丈夫等照料产妇的人入内。

育婴食俗

婴儿出世第三天，亲朋好友都会前来祝贺。这一天要给婴儿洗澡，俗称"洗三朝"。给婴儿洗澡时念诵"长流水，水流长，聪明伶俐好儿郎"、"先洗头，做王侯，后洗沟，做知州"的喜歌。

婴儿满月时，生父携糖饼请长者为孩子取名，叫命名礼；用供品酬谢剃头匠，叫剃头礼。然后小儿与亲友见面，设宴祝贺。亲朋须赠送长命锁，婴儿要例行认舅礼。

婴儿出生满百天，举行仪式庆祝，祝婴儿长寿，贺礼必须以百计数，鸡蛋、烧饼、礼馍、挂面均可，体现百禄、百福之意。

孩子周岁时，放一些物品让其抓取，以此来试其志向，预测其未来的前程，俗称"抓周"。抓周后，诞生礼结束。

仙桃的故事

桃原产于中国，在我国已有两千多年的栽培历史。《诗·国风·周南》中就有"桃之夭夭，灼灼其华"的诗句。桃更是我国最具寿文化特征的树木，其花、果、木在民俗、宗教、信仰、审美等观念中占据重要位置，与人们的生活密切相关。

桃的寿文化特征首先表现在其神秘的历史和身世上。在中国古代神话中，桃树为逐日的夸父手杖所化。据《山海经·海外北经》载："夸父与日逐走，入日。渴，欲得饮，饮于河、渭；河、渭不足，北饮大泽。未至，道渴而死，弃其杖，化为邓林。"

"邓林"就是桃树林。可是《春秋运斗枢》却说是"王、衡星散为桃"。两说不同，但说明了桃树确生之不凡，身世神秘。

正是因为桃树神秘的身世，被赋予了驱邪制鬼的神异功能。《太平御览》引《典术》云："桃者，五木之精也，故厌伏邪气者也。桃之精，生在鬼门，制百鬼，故今作桃梗人著门，以厌邪，此仙木也。"关于桃可避邪驱鬼还有一个传说：上古时期，东海度朔山（又名桃都山）的大桃树下，有一对兄弟，名神荼与郁垒（即后来的门神），都有捉拿恶鬼的本领。他俩专门守着鬼门，如发现有恶鬼做坏事，就用草绳捆起来去喂老虎。所以恶鬼都怕他兄弟俩。后来黄帝知道了这件事，便令每家每户门上挂一块桃木板，上面画上神荼和郁垒的画像以避邪驱鬼。这便是古代"桃符"的由来。南朝梁宗懔《荆楚岁时记》云："正月一日……插桃符其旁，百鬼畏之。"宋王安石《元日》诗中的"千门万户曈曈日，总把新桃换旧符"中的"旧符"，说的就是桃符。后来由于神荼、郁垒像复杂难画，逐渐演变成贴门画和春联。

由于桃木有避邪这一特征，古人使用桃木制作各种厌胜之物，如桃人、桃印、桃板、桃梗等。桃人是用桃木雕刻削制而成的人，桃印是用桃木刻的印章，桃梗是用桃木雕成的木偶，这些都有驱鬼避邪的作用。迄今，有很多地方过端午节和小孩子生日时仍在门头上插桃树枝以避邪。

古代还有用"桃汤"避邪的风俗，即用桃煮成汤，或饮用或挥洒，以驱邪祈祥。《荆楚岁时记》仍云："正月一日……长幼悉正衣冠，以次拜贺，进椒柏酒，饮桃汤。"

桃又称寿桃、仙桃，食之可延年益寿，所以桃又成了吉祥长寿的象征。后世祝寿必少不了桃，如果一时没有鲜桃，就用米面或麦面蒸为桃形馒头为老人拜寿用。《神农本草经》云：玉桃服之长生不死。若不得早服之，临死服之，其尸毕天地不朽。各类桃子当以西王母瑶池所植的蟠桃为上，传说此桃三千年一开花，三千年一结实，吃一个蟠桃可增寿六百年。汉武帝时贤臣东方朔曾三次偷食此桃，多活一千八百岁。

为什么吃桃可增寿呢？相传早在春秋战国时期，齐国军事家孙膑曾远离家门去拜鬼谷子为师，学习兵法。他一去十多年没有回家，十分思念老母亲，老母亲也因非常想他而生病。一次，他想到今年是老母亲八十寿诞，便与鬼谷子说了想回家，一来看看老母亲，二来为老母亲拜八十大寿。鬼谷子知道后，就到他住的院子里，从桃树上摘下一个大桃子作为寿礼送给孙膑，让他带回去给老母亲吃。孙膑匆匆带着桃子赶回家，为母亲拜八十大寿。孙母吃过寿桃后，顿感浑身清爽，思病痊愈，老态消退，到百岁而终。人们都传此桃为仙桃，是此桃的神力让孙母病愈增寿。后来民间给老人拜寿时，也都送寿桃，以祝长寿康乐。

古时长辈老人过寿诞时赠寿桃的数量也是有讲究的。有不少地方赠寿桃的数量必须是九个，"九"与"久"谐音，象征寿康永久。也有的地方是根据寿诞年龄来赠寿桃的。如六十岁就送六十个寿桃，七十岁就赠七十个寿桃。赠送寿桃摆放时也要注意堆成宝塔形，顶上还要插个大红"寿"字，千万不可乱放。把寿桃堆放成宝塔形含有寿高命长、洪福齐天的意蕴。

桃文化内涵不仅在其果实、树木，桃花有更丰富的文化意象，曾得到历代诗人词客的歌咏词赞。

桃花开时正值三月，桃花灼灼，芳菲烂漫，桃红柳绿，莺飞燕舞，桃花象征明媚春天和春光无限，故三月又称"桃月"。唐王维《田家乐》诗赞云："桃红复含宿雨，柳绿更带春烟。"桃花还常用来比喻美貌女子，春秋时楚国息夫人，美貌无比，人称"桃花夫人"。

把桃花喻美女，在唐代诗苑还曾演绎过一个动人的故事。有一年春天，唐代诗人崔护科考落榜，非常失意，一个人便到都城南边的郊外散心。他走到一个村庄，发现一个院落树木苍翠，但空寂无人。他一时口渴想找碗水喝，见院门紧闭，便去叩门。此时一位年轻貌美的女子在门内问他有何事。崔护说："我是城里人，走到此地，因口渴想找碗水喝。我姓崔名护。"

那位女子便打开门，请他进院喝水。崔护一边喝水，一边悄悄看那女子。只见正盛开着桃花的桃树下，那位女子正对着他微笑，那女子的笑脸和桃花相映照，真是人面如花，花如人面，融为一体，甚是好看。崔护怦然心动，但初次相见，又不好多言，喝完水便告辞而去。那女子微笑着把他送出院外，崔护有些恋恋不舍。

崔护一直思念着那位女子。第二年春天，他又情不自禁地来到城南郊外。可是院落仍在，树木依旧翠绿，而大门已锁上，心中怅然，便即兴在门上题下《题都城南庄》诗一首：去年今日此门中，人面桃花相映红。人面不知何处去，桃花依旧笑春风。

崔护仍不死心，过了几天，又去城南郊外寻访。刚走到院落边，听见屋内传出老人的哭声，忙叩门相问。一位老翁满脸泪水地打开门，一问是写诗的崔护，立即生气地说："是你害了我女儿啊！"崔护不知何因，忙问其故。原来那女子正值豆蔻年华，尚未许人，自去年春见了崔护后，精神恍惚，今春更加严重，神不守舍，老翁便带女儿去亲戚家散心。谁知前两天回家，见门上的题诗，便忧郁成疾，卧床不起，已奄奄一息。

崔护听老人说完，又悲痛又感动，在老翁的引领下去见了那位痴情女子。崔护来到床前说明他是崔护，那女子慢慢睁开眼，看了一会儿，竟然坐了起来。老翁大喜，当即就把女儿许给了崔护，成就了一段美满姻缘。

此外，桃花还有药用价值。俗传农历三月初三时，采桃花用酒浸泡，服之可除百病，好颜色。民间传说，桃花山上住着一位张姓的姑娘和她的老母亲，她们多行善事，用酒泡桃花为百姓治病，十分灵验，治好了很多病人。病人治愈后都来感谢母女俩，桃花姑娘分文不收，只让人在山上种一棵桃树来表示谢意。数年后，桃花山上种满了桃树。春天，桃花山上，满山如火似霞，人们称这位张姑娘为"桃花仙子"。

桃在中国文化史上有着特殊地位，不论其果、其木、其花都与人们的生活密切相连，为人们带来了春天，带来了健康，带来了吉祥，带来了幸福。人们也深深喜爱桃。因而产生了很多以桃为主题的吉祥图案，如很多蝙蝠与桃的纹图为"多福多寿"；仙人持桃立于桃树下的纹图为"蟠桃献寿"；一位拄杖老者笑看飞翔的蝙蝠，一童子手持寿桃的纹图为"福寿双全"；等等。这些图案都与寿文化有关，一直传承到今天。

进入社会资格的认可礼仪——成年礼

成年礼是为承认年轻人具有进入社会的能力和资格而举行的人生仪礼，是一个人由个体走向社会的一道必不可少的程序。古代中国男子二十岁施行冠礼，女子十五岁施行笄礼。但是随着时代的发展，而今的成年礼已很少见。

中国传统社会有通过举行成人礼象征从童年进入成年的传统。在孩子适当的年龄长辈便会为他们举行成人仪式，虽然每个民族施成人礼的年龄不同，但此事无论对长辈还是孩子都尤为重要。

成年礼的本意

古代的成年礼本意是为了禁止与未成年的异性通婚，也可以说是对成年人婚姻资格的一种道德审查。冠礼即是男子跨入成年人行列的加冠礼仪。《礼记》云：

"夫礼，始于冠"、"男子二十，冠而字。"对于冠礼非行不可，《礼记》的解释是：

"凡人之所以为人者，礼义也。礼义之始在于正容体、齐颜色、顺辞令……故冠而后服备，服备而后容体正、颜色齐、辞令顺……已冠而字之，成人之道也。"照这么说，不行冠礼，则一生难以"成人"。女子的成年礼叫笄礼，也叫加笄，在十五岁时举行。

成年礼的仪式

冠礼从氏族社会盛行的成丁礼演变而来，一直延续至明代。

具体的仪式是由受礼者在宗庙中将头发盘起来，戴上礼帽。由于要穿戴的服饰很多，包括冠中、帽子、幞头、衣衫、革带、鞋靴等，于是分为三道重要程序，分三次将不同材料制成、代表不同含义的帽子一一戴上。

"三加"之后，还要由父亲或其他长辈、宾客在本名之外另起一个"字"，只有"冠而字"的男子，才具备日后择偶成婚的资格。

女孩由家长（或主宾）替她把头发盘结起来，加上一根簪子；改变发式表示从此结束少女时代，可以嫁人了。梳头完毕，接下来女孩需要三次加笄，每次更换相应的服饰，从"采衣"到"襦裙"，再到"曲裾"，每加后行礼，三加的服饰，层层递进，分别有不同的含义，象征着女孩子的成长。女孩穿上曲裾，戴好了玉簪，跪拜在家长（或主宾）面前，饮过及笄酒，听过家长（或主宾）的循循训导，就正式跨入了成年人的行列。

少数民族的成年礼

傣族、布朗族的成人礼有漆齿的礼俗。漆齿就是染齿，不染者不能公开参加社交活动。染齿前，需要先吃些酸性水果，有的用酸汁涂抹一遍牙齿，再点一束松明，让松脂滴在瓦块或木片上，再用黑烟熏齿，连染数日，直至将雪白的牙齿染成墨黑的颜色。另外一个就是，布朗族的孩子长到十五六岁时，要拔掉两颗门牙。

傣族、布朗族男子的成人礼还要文身和绣脚。男性以文身为荣，身上不刺文者，人格低下，不如水中青蛙，会被姑娘们视为懦夫，很难得到女性爱慕，只能孤独终生。文身一般在十四五岁时举行。刺文时，受刺者需服用一些带有麻醉性质的药物，文身师用墨在肌肤上绘出图案轮廓，以针蘸上颜料扎入皮肤，让颜料残留于皮肤内，形成永不消退的文痕。

摩梭族、纳西族、普米族、彝族则通过更换服饰象征成年，女的换裙，男的换裤，换过之后，方可谈情说爱。摩梭族孩子长到十三岁，便要举行成年礼。成年礼仪式一律在农历大年初一凌晨举行。行礼时，男孩站在正房左边"男柱"下，女孩站在右边"女柱"下，一只脚踩着猪膘肉，一只脚踩着粮袋，象征终生吃用不尽。女孩由阿妈为其穿上漂亮的金边衣、百褶裙，扎上红腰带，盘缠发辫，佩上彩色项链、耳环、手镯等饰物。男孩由舅舅为其穿戴簇新男装，扎上腰带，佩上腰刀。纳西族、普米族的成人礼与此相似。

服役婚——娶妻补偿

服役婚，是一种以男方为女方家族服一段时间"劳役"为娶妻补偿的婚姻形态。丈夫只是短暂地留居在女方家里，并且在劳役结束后带着妻子离开，对女方的财产也没有享有权和继承权。

服役婚完全是通过丈夫在女方家里进行无偿的服务性劳动来表现的，因此也称为"服务婚"。家境富裕、物质充足的男方可以通过向女方家送彩礼的形式娶得妻子，但是家境贫寒的男子如果想要娶得妻子，就需要到女方家里劳动。

古史传说中有很多描写服役婚的情况，如《史记·五帝本纪》中记载：

"尧以二女妻舜以观其内，使九男与处以观其外。"讲的是原始社会后期，作为部落联盟长的贤君尧要把自己的女儿娥皇、女英嫁给舜，就对舜进行了为期三年的考验。考验的方式就是要求舜到女方家服劳役。在服劳役的过程中，舜在历山下耕田，去雷泽打鱼，烧制陶器，制作生产和生活工具。最后，舜用自己的智慧和能力证明了自己，尧不仅把女儿放心地交给了舜，也把自己的职务交给了舜。

服役婚的产生受特殊的社会因素影响，女子离开家族嫁到男方家，也就意味着女方减少了劳动力，为了弥补这种损失，女家便会要求女婿上门以服劳役的方式进行补偿。除了补偿劳动力这个因素，服役婚还带有女方家长考验女婿的意味。女婿在妻子家服劳役的时间从几年到十几年不等，最久的可能长达十五年，一般的也需要三到五年的时间。这种考验往往也是十分严格的，男子必须坚忍、热心、勤劳、温和、善良，否则就很难赢得女方家人的信任，也就没有办法娶回妻子。

服役婚分为婚前服役和婚后服役两种形式，《新唐书·北狄传》记载，室韦嫁娶，男子到女家服役三年之后才能和妻子一道返回男家成婚，这属于婚前服役。

《大金国志》记载，金人旧俗，成亲后男子需要留在女方家服役三年，然后才能接走自己的妻子回男方家，这就属于婚后服役。但是无论哪种都意味着男子以劳动的形式向女子家进行补偿。

这种服役婚的形式，也曾经出现于很多少数民族中。如在云南的某些民族，订婚时，男女两家便商定女婿到岳父家服役的年限和其他的相关事项。结婚典礼在男方家举行，但是在成婚的夜晚，新郎必须携带着相关的劳动工具住到岳父家中。在整个服役过程中，丈夫必须小心谨慎，循规蹈矩，不怕苦，不怕累，小心地侍奉岳父、岳母和妻子。如果得罪了他们，即使妻子已经生了孩子，只要女方将丈夫的衣物放在家门口，丈夫就必须离开妻子家。如果丈夫的表现令女方家人满意，到了服役期，丈夫就可以携妻子返回男方家去过属于自己的生活了。

服役婚的婚姻形式直到新中国成立前仍然还在偏远农村的一些贫困家庭中出现，这种婚姻形态也是可以转化的，有些女婿因女方家庭生活困难没有劳动力需要在一定期限内留在女家，规定期满后可以娶妻回家。在这种情况下，也会出现男子因女方父母去世而由服役婚转变为入赘婚的现象。在履行服役婚协议的过程中，如果服役男子与女方家属相处融洽、和谐、互相满意的话，也可以减少服役期或者主动延长服役期。

入赘婚——倒插门

入赘婚是由从妻居、服役婚发展起来的，但是有别于从妻居和服役婚。这种婚俗不仅古老，而且在现代的婚姻形式中依然存在着。

入赘婚也称招婿婚、招养婚，民间俗称"倒插门"、"招女婿"，是一种男嫁女的婚姻形式。在这种婚姻形式下，男方入赘到女方家，成为妻子家中的一员。

《汉书·外戚传》记载：汉昭帝的大姐鄂邑盖长公主的丈夫病逝，公主空守闺房，不甘寂寞，喜欢上了丁外人。后来，汉昭帝为了姐姐"不绝主欢"，下诏让丁外人侍奉公主。这就是一例典型的寡妇招夫的例子。

入赘婚出现的原因主要有以下几点：男方缺乏经济基础，家境贫寒，拿不出像样的彩礼迎娶妻子；男方家中兄弟众多，住房拥挤，没有生活空间；女方家没有男丁，女方父母便想招婿防老；女方家庭生活困难，需要人手照顾，需要招婿上门；女方不想离开父母，有心求偶，需要招上门郎；有的人家有女儿没有儿子，害怕自家香火熄灭，招女婿进门传宗接代。从以上原因不难看出，在某种程度上，"倒插门"的女婿实际上扮演了为女方家族延续香火和补充劳动力的角色。

春秋战国时期，齐国渔业和盐业发达。女子从事纺织品加工，其经济地位比较独立。齐国女子便享有选择嫁与不嫁的权利和自由，于是负担不起赋税的男子可以凭借典质、服役、出卖的性质入赘到不愿嫁出的女子家。有些赘婿，其身份低贱，不能和女家的"千金"结婚，只可以与主人赏赐的女奴婚配。

秦商鞅变法规定："家富子壮则出分，家贫子壮则出赘。"意为家庭富裕男子多可以娶妻分家独立生活，家庭贫寒男子多没有能力聘娶可以入赘到家里。秦始皇当政时，赘婿还必须要剃光头，有人的名字里甚至出现了"髡"这个充满了侮辱色彩的字眼。此后的汉唐也采取限制措施，认为丈夫不应该住在妻子家。

宋以后至元明清各代人把入赘婚视为当然，男方贫穷，女方无子，父母年迈，家中无男丁，需要人养老送终等情况，都可以实行此项婚制。

元朝时期，入赘婚还被分成四种类型：一是养老型，入赘女婿一辈子生活在妻子家中；二是年限型，双方在嫁娶之际就约定了年限，等到生下第一个儿子以后，儿子要跟随母姓，此后生下的儿子才能归丈夫家所拥有；三是"出舍，谓与妻析居者"，在这种情况下，丈夫与妻子成家后，可以从妻子家族中分离出来，单独过日子；四是"归宗者"，双方约定的婚姻年龄已经到期，或者妻子去世了，男子可以回到自己的家中去。

入赘婚在少数民族中也存在着。在某些少数民族，招姑爷的女方大多只有独女，或者有儿女而无子，还有儿女均有的人家，父母自愿"招进姑爷"。男方一般不需要准备结婚所需的物品，婚礼诸多事宜一般都是由女方家里准备。举行婚礼时，女方亲友端着事先为上门女婿准备好的衣服，到男方家里迎亲。新郎穿着送来的衣服向家里人告别，然后跟随女方家属欢天喜地、热热闹闹、仪式隆重地前往女家。婚礼当天晚上，女方家族元老还要共同商议给女婿改名换姓的事。在社会和家庭生活中，女婿一般都不受歧视，如果妻子过早去世，女方家中还可以为其续妻，女婿也享有女方家庭的财产继承权。

尽管入赘婚是一种古老的婚俗，但是这种婚姻形式现在也在流行着。当今社会，随着人们思想观念的解放，上门女婿已经逐渐被人们接受了。

"压床"习俗

新房布置好以后，婚床就不能空着，每天晚上必须有人居住，称之为"压床"。直至现在，有些地方的人们仍在沿用这一婚俗习惯。

新婚压床的习俗在中国由来已久，民间有各种形式的"压床"习俗。

新婚前夜"压床"习俗，其由来在民间还流传着这样两个传说。其一：很久之前，有个地主娶了三房妻子都没有生下孩子，他到处寻医问药，想找到解决问题的办法。一个江湖郎中想捉弄他，让他再娶妻时，找两个叫花子在新房里先睡三夜，并且管吃管喝，这样他的妻子一定会怀孕。地主求子心切，就按照江湖郎中的方法去做了，不久之后，新娶的妻子果然怀孕了。地主非常高兴，重赏了郎中，并且询问郎中其中的秘诀。郎中信口说道："童子压床，子孙满堂。"

传说之二：从前有个淳朴善良的樵夫和他年迈的母亲一同住在两间茅草房里。新婚前夕，有一个衣衫褴褛的瘸腿乞丐前来乞讨，并恳求留宿一夜。樵夫看他可怜，便邀请他进门，且给他食物充饥，让他和自己睡在一张床上。第二天一早醒来，老乞丐没了踪影。他正纳闷的时候，老乞丐唱着祝愿樵夫抱得胖娃娃的歌走远了。后来，樵夫真的得了个胖小子。传开后，大家都说是铁拐李在传授仙术，且纷纷效仿。

传说和故事只能当做探讨"压床"习俗起源的辅助证据，这一习俗的产生实质上和中华民族趋吉避凶和祈孕求子的传统思想观念有着千丝万缕的联系。这种活动的主要参与者各地不一，大多数都会选择健康活泼、俊秀聪明的未婚童男子，睡觉时将尿尿在床上最好，压床男孩的生肖最好是龙或蛇，或者与新娘的生肖相合。这主要是因为，旧时民间认为，新婚之夜会有灵气，未受启蒙而处在混沌状态的男性儿童则保持有原始纯洁的阳刚之气，能够镇煞灵气。再则，健康童男有吉祥之气，人们相信他们不仅能够保证新婚活动的顺利和吉祥，更相信这样能达到祝愿新娘子早早怀孕的目的。

民间还流行着俗语："尿半床，是吉祥；尿一床，更兴旺。"可见，压床童男尿湿了婚床，不仅不会被责备，还是兴旺吉祥的预兆。很多人家为了使压床童男"尿一床"而不是"尿半床"，还特意把压床者放在床中间的位置。

中国有些地区的习俗是让新郎的未婚弟弟陪伴压床，称之为"小叔压床，儿女成行"；也有的地方请新郎的父亲陪伴压床，称之为"公爹压新房，儿女一大帮"。新婚前夜尤其要"压床"，不能让新房空着，更不能一人独宿。有的地方则认为新婚之夜压床者越多越吉利，以至于新娘在新婚之夜无处安身。又因为传说新婚床板上的灵气能驱除疾病，所以很多人都会争相参与"压床"活动，在新床上躺一会儿。

"压床"的时间各地不一，有的短期压一两天，有的要延续压到新婚后五六天。有的地方压床的孩子们故意取乐，随心所欲地延长压床时间。在苏南水乡，"压床"风俗又被当地人称为"铺床"，在正婚当天清晨，由结发夫妻、子女双全的"全福人"铺床。铺糯米稻草十二至二十束，床头放甘蔗，取意"柔糯甜蜜"。铺草席两条，席要面对面相合而铺；铺被子两条，要被里相合而铺，取其"和合"之意。在苏北沭阳、泗阳、淮阴一带，男子娶亲的前一天晚上，新郎家里要请一名或者三名年少强壮的童男子与新郎作伴，睡在洞房的新床上。压床的总人数，或二人，取福禄双全之意；或四人，取事事（四四）如意之意。

下聘礼——婚姻的序曲

下聘礼既是缔结婚姻的序曲，也是婚姻产生公信力的保证之一。它已经成为婚礼习俗中重要的组成部分。

男女双方合婚、相亲之后，如果觉得婚姻缔结可以进行，那么媒人就会选择一个好日子，带着男方去下聘礼。下聘礼，也就是"六礼"中的纳征，这个仪式还可以被称为"过大礼"、"大聘"、"完聘"。一般是嫁娶的主动者要向另一方送一笔重礼。汉代刘向《列女传》中有一则《召男申女》的故事，说的是：春秋时代，申国有个女子，已经许配给别人了。男方没有备全聘礼，便想要迎娶她过门。申国女子便以"夫家轻礼违制，不可以行"

为理由，拒绝出嫁。夫家于是诉讼到官府，该女子仍然不屈服，导致该女子因此坐牢。这件事情传开后，人们并没有谴责这个女子，而是认为她言之有理，深得妇道。可见，聘礼在婚姻礼俗中的重要地位。

聘礼产生于婚姻形式由从妻居向从夫居转变的个体婚初期，实行从夫居后，女方嫁到男家，女家把女方养大付出了很多艰辛，现在女儿嫁到丈夫家，娘家总觉得心理不平衡。因此，男方需要给予女方一定的补偿。刚开始的时候女婿上门为女方家里从事一定期限的劳动为补偿，也就是之前所介绍的服役婚。到了后来，随着生产力的发展，劳动剩余产品越来越多，物质补偿逐渐取代了劳动补偿，聘礼的雏形就出现了，聘礼习俗也随之成为聘娶婚中的主要环节。

聘礼只有在女方答应男方的求婚后才能送出。等到聘礼成为了聘娶婚的一个环节后，它的意义已经远远超越了对女家经济的补偿。只要女家收下聘礼，也就意味着婚事已定，并且做出了嫁人的承诺。就如同签订了经济合同，不能悔改。对于男方来说，聘礼相当于娶妻的凭证。对于女方来说，聘礼相当于女子在夫家地位和身份的保证。

在古代的婚姻关系中，很多地区没有写婚书的习惯，也不向官府作婚姻登记。所以，接纳了聘礼就等于使婚姻有了公信力，等同于订婚。

聘礼通常在迎娶前一百天或者两个月送到女方家里。送聘礼一般由媒人和男家邀请的至亲出面参与，雇人送往女家，时间一般都会安排在上午，谚语道：

"早聘礼，晚嫁妆。"下聘礼就等同于婚姻缔结的承诺，所以为了慎重起见，很多人家往往将接受聘礼的程序分成"放小定"

和"放大定"两部分。放小定,又称"文定",出自《诗经·大雅·大明》:"文定厥祥,亲迎于渭。"放小定的主要内容就是男方向女家赠送相对简单的订婚礼物,如戒指、耳环、手镯、项圈四样。放大定,也叫"过大礼"或者"换帖"。比小定规格更高、更为隆重。

历朝历代的聘礼构成各自有特点。周朝用玉帛俪皮,战国时开始使用金钱。汉朝用黄金作为主要聘礼。魏晋南北朝时期多用兽皮。隋唐以后,聘礼种类开始变多,金银珠宝、绫罗绸缎、衣服首饰都可为聘礼,还新增了"棉絮"和"双石",分别寓意"调柔"和夫妻双方坚定不移。进入宋代,多以酒和绢缎为聘礼,同时开始流行为女方制作金饰品,如金钏、金锭等,家庭情况不好的可以用白银打造。明清时期,用金银首饰作为聘礼就更加普遍了。

聘礼数目没有定数,它随着时代的变化而不同。聘礼的多寡是根据家庭地位和经济状况决定的。盲目地追求聘礼的数目,名为嫁女,却有了买卖交易女儿的嫌疑,这是聘礼风俗中的不良风气。这种风气自秦汉时期开始流行,政府屡禁不绝。但是,大多数人家还是本着重礼仪和情意的角度去实行聘礼程序的。

枣、栗等的含义

枣、栗、花生、桂圆等干果也与婚育民俗有着密切关系,是祝福新婚夫妇撒帐时所用的吉祥物。

撒帐是新郎、新娘入洞房后,撒帐人向婚床上帐内抛撒枣、栗、花生、桂圆、莲子等干果。并一边撒,一边唱着祝福歌,祝福新郎、新娘婚姻美满幸福、早生贵子、白头偕老、荣华富贵。

据宋孟元老《东京梦华录》讲："至家庙前参拜毕，女复倒行扶入房讲拜，男女各争先后，对拜毕就床，女向左、男向右坐，妇女以金钱、彩果散掷，谓之'撒帐'。"孟元老所讲的就是宋代撒帐的经过和情形。

撒帐之俗源于撒谷豆，但又有区别。从寓意上来看，撒谷豆是为避邪、祝子的，而撒帐是为祝子和增添欢乐气氛的；从所撒物来看，撒谷豆是撒农作物的果实，撒帐是撒枣子、花生、栗子、桂圆等干果；从对象上来看，撒谷豆主要是围绕新娘来进行的，多撒在新娘身上或周围地上，而撒帐是撒在帐子内的婚床上。

撒帐婚俗也起源于汉代。据《事物原始》载：李夫人初至，帝迎入帐中共坐，欢饮之后，宫人遥撒五色同心花果，帝与夫人以衣裙盛之，云得果多，得子多也。这段话的意思是说汉武帝与李夫人成亲时，汉武帝将李夫人迎入大帐内坐下，在共饮交杯酒后，事先告诉宫女遥撒五色同心果（即枣、栗、花生、莲子等），汉武帝与李夫人用衣裙盛着，据说，得果多就可以多得子。

到了宋代，撒帐婚俗比较广泛流传，宋吴

自牧《梦粱录》云："行参诸亲之礼毕，女复倒行，执同心结，牵新郎回房，讲交拜礼；再坐床，礼官以金银盘盛会银钱、彩钱、杂果撒帐。"到了明代，撒帐婚俗更加流行，并边撒帐边唱《撒帐歌》，反映出撒帐对新婚夫妇早生贵子的多种祝福。如明朝《清平山堂话本》中的《快嘴李翠莲记》里就有一首《撒帐歌》，是由撒帐人边撒帐边唱的，从中可以看出当时撒帐婚俗之一瞥：

撒帐东，帘幕深闺烛影红，佳气郁葱长不散，画堂日日是春风。

撒帐西，锦带流苏四角垂，揭开便见姮娥面，输却仙郎捉带枝。

撒帐南，好合情怀乐且耽，凉月好风庭户爽，双双绣带佩宜男。

撒帐北，津津一点眉间色，芙蓉帐暖度春宵，月娥苦邀蟾宫客。

撒帐上，交颈鸳鸯成双双，从今好梦叶维熊，行见蚍珠来入掌。

撒帐中，一双月里玉芙蓉，恍若今宵遇神女，红云簇拥下巫峰。

撒帐下，见说黄金光照社，今宵吉梦便相随，来岁生男定声价。

撒帐前，沉沉非雾亦非烟，香里金虬相隐快，文箫今遇彩鸾仙。

撒帐后，夫妇和谐长相守，从来夫唱妇相随，莫作河东狮子吼。

这首《撒帐歌》从所撒的方向东、南、西、北，位置上、中、下、前、后，描述了当时洞房的情景和风俗。你看：闺烛影红，流苏四香，佳气浓郁，堂内春风。新郎揭开新娘的盖头，方见姮娥（此用来美称新娘）。双方佩戴宜男（萱草），芙蓉帐内，鸳鸯交颈，共度春宵，吉梦相随，并祝夫妇和谐，白头相守，夫唱妇随，和和美美，来岁生男……多美啊！此歌可以说集婚育美语、祝福词之大成，写尽了婚房美景、良辰温情。

《撒帐歌》自清代以降，仍有遗存，所撒之物仍以干果为主，其意也仍以祈子为目的。后来，在不少地方撒帐逐渐成为一种娱乐、喜庆活动。撒帐人不仅把枣、栗等果子撒于床上，也撒于屋内其他地方，故意让妇女、儿童抢拾，来增加热闹、欢乐的气氛。清同治十三年（1874年）《安吉县志》载："乐人于房中撒掷诸果，曰'撒帐'，儿童妇女争拾取为笑乐。"现在，在北方民间婚俗中，仍常撒红枣、花生、核桃等，撒帐者会边撒边高唱祝词："枣儿满炕红，生子是英雄；核桃满炕滚，生女是娇娘。""双双核桃双双枣，生儿聪明生女巧；双枣儿又双核桃，儿子拔萃女窈窕。"这些唱词均有祝愿新婚夫妇"早生贵子"、"儿女双全"的意思。

枣、栗、桂圆、莲子等均为撒帐时所用的吉祥物。为什么取这些果实做吉祥物呢？根据吉祥物生成原因，这些物品的谐音与婚姻有吉祥之意。另外，这些物品均营养丰富，对人体健康有好处。枣，富含各类维生素，还可入药，有健脾疏经、补中益气等功效。《千金要方》载："大枣久服，长生不饥。"《本草纲目》亦载："枣安中，养脾气，平胃气，通九窍，助十二经。补少气，少津液，身中不足。久服轻身延年。"因此，枣在古代又称"仙人之果"。

栗子与枣一样，营养丰富，既可供食用，也可做药用。古人把枣与栗合在一起，取其谐音，有祈"早生子"之意。所以，婚礼和生孩子时，枣和栗是撒帐和馈赠的必备吉祥物。吉祥图案就把枣和栗子画于一起，取谐音有"早立子"的纹图。江南有些地方在撒帐时还有用荔枝的。荔枝能抵御百虫之害，四百年老树仍可结果，民间视为吉祥珍果。在婚礼上撒荔枝也是取其谐音为"利子"、"立子"之意，与枣一起，取其谐音，寓意为"早立子"。

在撒帐时，还有把枣、花生、桂圆、栗子放在一起撒的。花生，亦称长生果。花生仁富含蛋白质、脂肪，可做油料和副食。桂圆营养丰富，为滋补品和馈赠品。因"桂"有"贵"的谐音，

"圆"有"圆满"之意,寓意婚姻美满,所以也被视为婚礼时撒帐的吉祥物。如果把枣、花生、桂圆、栗子放在一起,取谐音有"新婚圆满"、"早生贵子"之意。

莲子也是婚礼上的吉祥物。因莲子与莲蓬有关,莲蓬内有多颗莲子,其象征多子,所以莲子也有多子的象征。另外,"莲"与"连"同音,与花生、桂圆、栗子等放在一起撒帐有婚姻美满、连生贵子之意。所以撒帐时多把各种果实混在一起,五颜六色,故称"五色果"或"五彩果"。这样撒帐时既好看,又有喜庆色彩,文化寓意也丰富。

随着社会的发展,撒帐所用的吉祥物也在不断增多,现在还有糖果、硬币等,其文化内涵和寓意也更加丰富多彩。后来,有些地方把撒帐与闹新房、翻床结合在一起,使婚礼更加热闹有趣。总之,不管怎样翻新变化,撒帐的目的仍是通过吉祥物和各种婚俗来祝福新婚夫妇婚姻美满、吉祥幸福、早生贵子。

送子的瑞兽——麒麟

麒麟是古代传说中的神兽、仁兽,又是民间吉祥之兽,世代受到人们的普遍喜爱,并作为吉祥文化的意象得到尊崇。

其实,世间并没有麒麟,和龙、凤一样,麒麟是由人虚拟构思而成。据古籍记载,麒麟是集羊、鹿、马、牛、狼、麋、獐等走兽特征于一身,外表狰狞怪异,内在仁厚温顺的兽中之王。《毛诗义疏》载:麟,麋身,马足,牛尾,黄色,圆蹄,一角,角端有肉,音中钟吕。背毛五彩,腹毛黄,不履生草,不食生物,圣人出,王道行则见。《尔雅》云:"麟,麋身,牛尾,一角。"《说文解字》释曰:"麒,仁兽也,麋身牛尾,一角。麟,牝麒也。"《说文解字》已把雄的称麒,雌的称麟,有了性别的区分。麒麟的形象也是随时代的变迁而不断变化,宋代麒麟已由原来的麋身,变成虎狮之躯,有鳞甲,头部也由早期的马首、鹿首变为虎、狮之首。明清时期,又变为龙首。现代麒麟的造型改为龙首、鳞甲、鹿身、鳍背、狮尾、马足。麒麟出身也不平凡,《春秋运斗枢》云:"机星散则得麟生。"《春秋保乾图》云:"岁星散为麟。"看来,麒麟果为神兽。

麒麟为神灵之兽,是仁兽、瑞兽。其居"四灵"(麟、龙、凤、龟)之首。相传麒麟出现是"圣王之瑞"。《毛诗义疏》:"王者仁则出。"《宋书·符瑞志》载:麒麟者,仁兽也……含仁而戴义,音中钟吕,步中规矩,不践生虫,不折生草,不食不义……明王动静有仪则见。牡鸣曰逝圣,牝鸣曰归和,春鸣曰扶幼,夏鸣曰养绥。《说苑》讲得更全面:含仁怀义,音中律吕,行步中规,折旋中矩,择土而后践,仁平然后处,不群居,不旅行,纷兮其文质也,幽间循循如也。因麒麟能成"五行之精",可活三千岁,世上不常见,见则是帝王施德政,天下太平的瑞兆。该书还记有周武王推翻纣王,建立周朝,因制礼作乐,天下大治。故见"麒麟游苑,凤凰翔庭"之瑞象。周成王曾作歌咏之:"余何德兮于感灵……于胥乐兮民以宁。"相传汉武帝因获白麒麟,更改年号,还令丞相萧何在长安宫内筑麒麟阁。汉宣帝时,又画霍光、杜延年、韩增、张安世、赵充国、苏武、刘德等十一位功臣的图像挂于阁内,以表彰他们对大汉王朝所作出的功绩和贡献。后来"麟阁画像"也成为历代文臣武将追求建功立业的至高无上的荣誉。因此,杜甫有诗云:"今代麒麟阁,何人第一功?"汉宣帝还用黄金铸麟足马蹄形以纪念之,故称"麟趾金"、"马蹄金"。宋太宗也因获麒麟,群臣贺之。因此历代帝王都喜爱麒麟,视麒麟为

王者的"嘉瑞祯祥"的象征,借此来粉饰太平,歌颂盛世。

与此相反,麒麟被人捕获或射杀,则预示王室将亡,天下易主的凶兆。《春秋·哀公十四年》载:鲁哀公十四年,国君率臣僚在大野泽打猎时捉到一只兽,都不知道这是什么兽,孔子见到这只兽后叹曰:"这是神兽麒麟啊,你为什么这个时候出来呢?"因孔子一辈子不为世所用,这个时候更感绝望,悲泣着说:"吾道穷矣!"意思是说自己的主张、理论学说全完了,周王朝即将灭亡。这就是"孔子泣麟"的典故。麒麟被捕七天后,孔子真的便死了。他所撰的《春秋》也因此成为绝笔,故后人称《春秋》为"麟经"、"麟史"。因此,李白《古风(其一)》诗云:"希圣如有立,绝笔于获麟。"

麒麟更重要的文化意象是，其为送子的神灵之物，是吉祥的瑞兽。相传，孔子与麒麟缘分较深。孔子本人就为麒麟所送。晋王嘉《拾遗记》载："有麟吐玉书于阙里人家。"相传孔子的父母有感于无子嗣担当祀事，在尼山祈祷盼望有个儿子。不久，奇迹出现了：一天夜里，孔子的故居曲阜阙里，出现了一只麒麟，嘴里吐出一方帛，上面写着："水精之子，系衰周而素王，征在贤明，知为神异。"第二天，麒麟不见了，孔子就来到人世。这就是"麒麟送子"、"麟吐玉书"典故的由来，象征祥瑞降临，早生贵子，子孙贤德，圣贤诞生。如《陈书·徐陵传》载：时宝志上人者，世称其有道，陵年数岁，家人携以候之，宝志手摩其顶，曰："天上石麒麟也。"因此杜甫有《徐卿二子歌》："君不见徐卿二子生奇绝，感应吉梦相追随，孔子释氏亲抱送，并是天上麒麟儿。"所以，人们也都喜欢用"麒童"、"麟儿"来称呼孩子，让孩子戴打制有麒麟的长命锁，希望孩子长命百岁，聪明伶俐（"伶"为"麟"的谐音）。

民间春节时，结婚的新房都喜欢贴"麒麟送子"、"麟赐贵子"的年画或剪纸，一方面祈愿早生贵子，子孙贤达，祥瑞降临；一方面增加吉祥喜庆气氛。江南很多地区春节时，人们抬着用竹扎的麒麟敲锣打鼓，到各家去拜年，那些刚结婚的媳妇和未生育的妇女都争着去摸麒麟的尾巴或胡子，俗信这样可以早得贵子，民间称为"麒麟送子"。《诗·周南·麟之趾》篇以"麟之趾，振振公子，于嗟麟兮"等语来赞美周文王子孙昌盛、贤能知礼。后遂用"麟趾"来比喻子孙的众多与贤能，用"麟趾呈祥"作祝贺新婚之词。

在古代传统农业社会，民间固守"不孝有三，无后为大"的观念，以麒麟为崇拜的神物，祈求传宗接代，子孙贤能，绵延不绝,这是一种传统的婚育文化信仰。今天,虽然已进入信息社会,但麒麟的这种文化象征意义仍被人们所看重。由此可见,国人的"传宗接代"、"子孙贤能"的观念和信仰之根深蒂固。

白族的婚姻习俗

白族是少数民族中受汉文化影响最深的民族。作为其行为文化表现之一的婚俗既具汉文化的特点,又具有自身的特色。

四千多年前的新石器时代,白族先民就在以苍山洱海和滇池为中心的地区生息繁衍,过着农耕渔猎的定居生活。随着历史的发展,他们的传统婚俗在融入现代元素的同时,仍旧保留着古老的礼俗。

树枝探姻缘

云南兰坪、碧江等地白族支系那马人,青年男女一般从十六七岁开始谈情说爱。那马小伙子要是看中了一位姑娘,他就会千方百计探寻姑娘经常走的山路。等姑娘出来时,小伙子就躲在岔道口,摘一把树枝放在岔道正中,头朝着自己要走的方向。姑娘看到岔道口的树枝和前面的小伙子之后,如果朝树枝的方向走,表示她同意小伙子的求婚。如果不朝树枝所指的方向走,说明她不接受小伙子。小伙子在前面看着,对姑娘的态度也就一目了然。

草鞋定终身

那马小伙子有没有对象,只要看他们的鞋子就能知道,如果他们脚上穿着四鼻子草鞋,说明小伙子已经有意中人了。这四鼻子草鞋，就是姑娘送给小伙子的。那马姑娘从小就学打草鞋，一般送给兄弟姐妹和亲友的都是二鼻子草鞋，只有送给情人的才是四鼻子草鞋。

油炸粑粑传情

那马男女青年结婚之前也要先提亲。提亲时，待太阳落山以后，媒人和男方的若干亲戚举着火把，带着礼品到女方家，宾主双方围坐在火塘边对唱调子，通过一问一答、一唱一和的调子对唱互相了解对方家庭的基本情况以及女方家长对这桩婚事的态度。如果女方家长表示满意并收下送来的礼物，便叫姑娘用油炸粑粑招待提亲人。提亲人吃上油炸粑粑，婚事也就算说成了。之后，男方选择一个吉祥的日子把彩礼聘金送到女方家，便可商议迎亲的日期了。

私房等情郎

怒江岸边自称"勒墨"的白族，有一个习俗就是家里的女孩长大成人后，父母就在住宅旁边给她搭盖一间小房，供她居住。每天晚饭过后，姑娘便回到她的小房间里捻线、绣花、纳鞋底，同时也在等待小伙子的来访。小伙子到来后，不管她看得上或看不上，都同样予以热情的接待，而从姑娘的目光里或从她讲话的调子里，小伙子也能感觉到姑娘是否对他有意而决定去留。

杀猪看肝胆卜姻缘

勒墨小伙子和姑娘定下终身以后，还得告知父母并请媒人到女方家提亲。男方媒人到女家后，女方父母不与媒人见面，而由姑娘的叔伯或堂兄表兄出面与媒人议亲。女方原则上同意联婚后，还须杀猪看肝胆。如果猪胆饱满，猪肝形状好颜色鲜，便认为是吉祥的好姻缘，婚事便可最后定下；否则便认为不吉利，亲事也就告吹。如果女方很愿意结这门亲，可以再杀一头猪进行第二次占卜。若二次占卜吉利，仍会受到人们的热烈祝贺。

新郎不迎娶新娘

结婚时新郎不到女方家迎娶，新娘由她的姐妹和伙伴送到男方家。送亲队伍到达男方家大门时，男方家将大门关上，只留一位老人守在门口，另请一位老人代表女方家手捧十个粑粑前来请求开门。双方经过一番对唱以后，女方老人以十个粑粑象征十两银子送给守门老人，男方老人这才打开大门让新娘陪娘进屋，给送亲人敬一碗酒。新娘进屋后，新郎家的人便把新娘送来的猪肉粑粑等供品祭祀火塘里的三脚架，禀报祖先家里增加了新的成员。

伴娘背新娘入洞房

新娘到新郎家后，由伴娘背进洞房，然后与新郎双双来到堂屋拜见新郎父母及长辈亲戚，并由村寨长老替新郎解下肩上红布。次日清晨，新婚夫妇再次拜见父母，婆婆给新媳妇一封红包，新媳妇则把从娘家带来的礼物分送给新郎的舅舅、姑母、叔伯等至亲。从此，新娘才算男家的正式成员。

丧葬习俗

丧葬习俗是以丧葬为基础，在民间长期相沿、积淀而成的风尚和习俗。随着社会的发展、文明与进步，国家殡葬制度的改革，长期形成的丧葬习俗也在不断注入新的内容。

丧葬礼仪是既要让死去的人满意，也要让活着的人安宁。在整个丧葬过程中，是生者与死者的对话，两者之间存在着一个坚韧的结——念祖怀亲。

死者在弥留时刻须穿上寿衣。北方汉族的习俗，贴身穿白色的衬衣衬裤，再穿黑色的棉衣棉裤，最外面套上一件黑色的长袍。整套服装不能够有扣子，要全部用带子系紧，这样做表示后继有人。死者的头上要戴上一顶挽边的黑色帽，帽顶上缝一个用红布做成的疙瘩，用来驱除煞气，人们认为这样做对子孙是吉祥的。男性死者脚上要穿黑色的布鞋，女性死者要穿蓝色的布鞋。

在死者临终之前，家属必须要给他沐浴更衣。这实际上是给死者进行的第一次化妆整容。清洗尸体所用的水一般都是买来的，俗称为"买水"。买水用的钱主要是纸钱。

在对死者进行沐浴更衣之后，还要举行饭含仪式。在死者的口中放入米贝、玉贝和米饭之类的东西。在其咽下最后一口气前，亲属们要将其移到正屋明间的灵床上，守护他（她）度过生命的最后时刻，这叫做"挺丧"。

报丧之制早在周代的时候就已经形成了，丧家放爆竹通知邻近的村人，发"帖"告知相距较远的亲友。有些地方的报丧有许多讲究，丧家死的是男人，必须由房族侄子到亲戚家报丧；死的是女人，必须由儿子、女儿给外婆家报丧。报丧的孝男孝女必须头上裹白布、戴斗笠，手上拿一条白布巾，跪在娘家或外婆家人的面前哭报丧事，哭报完之后马上回家。当有人来奔丧，走到村头时，孝男孝女必须跪在村边路口哭迎，哭着述说丧亲的悲痛，哭谢奔丧亲人的一路辛劳，给每人递上一条白布（孝布）。

招魂送魂

死者的尸体安排就绪之后，就要选择一个合适的日子举行招魂仪式。招魂仪式的起源非常早，周代的一些文献中就有记载。招魂那天，丧家就在门前竖起招魂幡，或者挂上魂帛。有的地方亲属还要登上屋顶呼喊招魂，让死者的灵魂回家来。

人死亡后，灵魂当然就要离开肉体。下一个程序就是由活着的人来给他"指路"，就是为魂灵指引升天的道路。招魂和送魂仪式，表现了两种相互矛盾的心态：一方面希望死者灵魂活转回来，另一方面则要告诉死者的灵魂迅速离开。

做七

按照古代的丧俗，灵柩最少要停三天。据说是希望死者还能复生，三天还不能复活，希望就彻底破灭了。近代以后，灵柩一般都在"终七"以后入葬。人们认为，人死后七天才知道自己已经死了，所以要举行"做七"，每逢七天一祭，"七七"四十九天才结束。这主要是受佛教和道教的影响。

吊唁

在"做七"之时还要进行吊唁仪式。死者家属要哭尸于室，对前来吊唁的人跪拜答谢并迎送如礼。举行简单的祭奠仪式，必须要搭灵棚。"做七"完毕之后，就要对死者进行入殓仪式。在民间的习俗里，入殓的衣服和被子忌讳用缎子，因为"缎子"谐音"断子"；一般用绸子，"绸子"谐音是"稠子"，可以福佑后代多子多孙。下葬是仪式的最后环节，一般都非常郑重其事。下葬的仪式反映了人们对灵魂的崇拜。汉族主要是实行土葬，墓地是死者的最终归宿，墓地的选择是埋葬死者的头等大事。墓地要选在地势宽广、山清水秀的地方，找出生气凝结的吉穴，从而可以使死者安息地下，庇佑子孙。今天，土葬渐少，多为火葬。

烧纸

人死之日起，亲人每七天烧一次纸，烧七次，四十九天，此为烧七。一百天、一周年、三周年，也要烧纸祭祀，称为烧百天、烧周年、烧三周年。

第八章　信仰文化

太上老君的故事

太上老君是道教最高神明之一，它的原型老子是先秦最著名的思想家之一，老庄学派的开创人，被奉为道教的鼻祖。不管是老子还是太上老君，都彰显了道教在中国民间的强大影响力。

道教把太上老君尊称为至尊天神，太上老君不仅是天地万物的创造者，宇宙的主宰者，而且他常分身降世，无世不存。在《西游记》中我们更是见识了这位集道教精神于一体的老者风范。

太上老君的原型

在庄严肃穆的道教三清大殿中，通常供奉着神态端庄的三位尊神，这就是道教的最高尊神"三清祖师"。站在三清大殿大门看，玉清元始天尊神像居中间，上清灵宝天尊神像居右，太清道德天尊神像居左。

在民间，相传太上老君的原型为老子。老子生活在春秋末期，著有五千字的《道德经》，此书被视为道家的开创之作及道教的经典。汉代之前的老子还只是以思想家的面孔出现，他被神圣化开始于东汉。东汉时的张陵（后来的张天师）创立了五斗米道，为了与佛教对抗，便抬出老子为祖师，并且尊称为太上老

君。后来人们称老子为"太上道德天尊"。

从老子到老君

东晋葛洪的《神仙传》汇集群书所见之老子传记，或称老子先天地生，或称其母怀孕七十二年生，生而白发，故称老子。也有称其母于李树下生，生而能言，指树而姓李。据东汉延熹八年（165年）边韶的《老子铭》，老子"离合于混沌之气，与三光为终始"，"道成化身，蝉蜕度世"。

在早期道教中，老子是最高的神，之后降为正规道教中三清的第三位。由老子演变而来的太上老君受到非常高的崇奉，各地都有宫观奉祀。因为号"太清太上老君"，因此主祀他的宫观庙殿称为太清宫、太清殿、老君殿或老君庙。

唐代皇室，以老子李耳为同姓，崇奉太上老君，累加尊号。唐高宗尊太上老君为"太上玄元皇帝"，唐玄宗三上尊号，称"大圣祖高上大道金阙玄元天皇大帝"。全国各级地方官府为讨好皇帝，普遍建立玄元庙，奉祀老君像，老君达到了至尊极盛。到了明代，民间信仰的老君可与玉皇大帝比肩而论，并从上天请到了民间，普遍建庙祭祀。

传说二月十五日为老君诞辰，十四日夜四乡百姓到大殿坐守一夜，称为坐香。十五日百姓纷纷举行老君庙会，在各老君庙举行宗教活动，祭祀朝拜，同时还举办商品物资交易活动。

太上老君度化尹喜

在民间，老子被称为太上老君。尹喜建立了以老子为祖师的道门，张凌大规模发展道徒，建立以老子为教主的道教，后人又把道教推向世界。那么，尹喜和老子有何渊源呢？

原来，春秋末年，老子骑青牛，拖一架木板车，向函谷关而去。函谷关守吏尹喜平日里喜好道学，颇有些道根。老子来之前，尹喜观星象、望气，就看见一股紫气从东方冉冉而来，他推算出必有真人要来。当老子驾牛车过关时，尹喜认定老子就是他心中的真仙，就强留老子住了几天，并召来一些同事，共同聆听老子讲经说道。老子讲道后还给尹喜留下了五千余字的文章，就是后来著名的《道德经》。

老子临别时告诉尹喜：要他一千天后，去到成都青羊肆找他。后来尹喜准时在青羊肆等待老子，只见老子骑着一头青羊从空中而下。传说老子就在那里度化尹喜得道成仙，并带他一起到西域传道去了。

释迦牟尼佛的故事

释迦牟尼佛本是古印度迦毗罗卫国（今尼泊尔境内）的太子，属刹帝利种姓。父为净饭王，母为摩耶夫人，佛为太子时名叫乔达摩·悉达多，意为"一切义成就者"。后舍弃王位专心佛道，并被世人称为释迦牟尼佛。

释迦牟尼是佛教的始祖，诞生于三千年前的中印度，后舍弃王位一心理佛，给人类留下了丰富的精神财富，并成为中国民间传说中的圣人。

释迦牟尼成佛记

中土印度迦毗罗卫国王后摩耶夫人夜梦六牙白象后怀有身孕，而后生下一子。太子出生后取名"悉达多"，意译为"一切义成、一切事成"。王后摩耶夫人在太子出生后七天便去世了，太子由姨母摩诃波阇波提夫人精心照料和养育。太子天资聪颖,幼年就通达五明、四吠陀(古印度传统思想),并且相貌英伟,具足三十二相,八十种好,无人能及。十七岁时,娶表妹耶输陀罗为妃,生下儿子罗喉罗。

虽然王族的生活优裕而舒适,但太子并不贪恋这些世间的享受,太子曾由城之四门出游,见到生、老、病、死等现象以及修道的沙门,深感人生之苦痛与无常,遂萌出家修道之志。十九岁,太子夜出王宫,自脱衣冠为沙门。初访毗舍离国求教,复至王舍城求道,但都没有得到解脱之境,遂至摩揭陀国伽耶南方的优楼频罗村苦行林,开始六年的苦行生活,净饭王派了五位侍者与太子一起修行。苦修期间,太子日食一麻一麦,虽至形体枯瘦,心身衰竭,但始终未能成道,遂出苦行林。当时,共修的五位侍者,误以为太子退失道心,遂舍之而去。

太子来到尼连禅河沐浴,接受牧女乳糜的供养。恢复体力后,至伽耶村毕钵罗树下,以吉祥草敷金刚座,东向跏趺而坐,端身正念,静心默照,降伏诸魔,入诸禅定。四十九日后,于十二月八日破晓时分,豁然大悟,成就无上正等正觉。世人尊称为佛陀,佛号释迦牟尼。

释迦牟尼传教弘法

释迦牟尼成佛后,就以大慈悲的心情,博大精深的智慧,不畏艰苦的精神,开始了四十年不间断的弘扬佛法、教化众生的活动。

释迦牟尼传教的区域,主要在恒河流域的中印度。大致是北到他的故乡迦毗罗卫,南到摩揭陀国的王舍城,东到瞻波国,西到乔赏弥国。其直传弟子的活动地区和影响所及,东至恒河流域

下游，南至高达维利河畔，西至阿拉伯海沿岸，西北至怛义尸罗等地区。佛陀居住时间最长的是拘萨罗国的舍卫城和摩揭陀国的王舍城。前者有富商须达多和太子祇陀捐赠的邸园精舍，后者有竹林精舍，为释迦牟尼对众人说法布教的重要场所。跋耆、鸯伽、末罗、伽尸等国，释迦牟尼也曾居留说法。

释迦牟尼传教的方式，是随机的施舍，不拘一格。他用偈颂、散文、故事、譬喻、直叙、问答等各种形式，在不同的场合，针对不同的对象，宣说不同的内容。对僧众谈论出离生死、证得无上正觉，对俗人谈论道德的行善。他准许弟子可不用规范化的梵语，而用地区方言进行说教，这就使得他的思想学说在社会上得到广泛的传播。

民间奉祀

释迦牟尼佛具足圆觉智慧，能雄镇大千世界，因此佛弟子尊称他为大雄。一般的寺庙里大雄宝殿供奉释迦牟尼佛，释迦牟尼佛两旁是阿难、迦叶尊者，十八罗汉分列两排。

农历二月初八为释迦牟尼佛出家日，在此纪念日里，心中有佛的人士去寺院里拜佛，念经，打坐，放生，布施，忏悔。

农历二月十五为释迦牟尼佛涅槃日，在此纪念日里修法及任何善行功德，为平日之万倍、亿倍，心中有佛的人士放生、礼拜、念经、印经、吃素、持戒皆有不可思议之效果。

农历四月初八为释迦牟尼佛圣诞日，又称佛诞节，是从求福灭罪的一种宗教要求传衍而来，其中的浴佛、斋会、结缘、放生和求子在过去广为流行。佛诞节流传到民间又形成了庙会，每年四月初八要举办天佛庙会，祭祀佛祖，人山人海，热闹非凡。

农历十二月初八，即腊月初八，为释迦牟尼佛成道日，各寺院都要举行诵经，煮粥敬佛。民间有一些放生、祈福活动。

观世音菩萨的故事

观世音菩萨，是观音佛祖的尊敬称呼。观世音菩萨是佛教四大菩萨之一，又称观音大士、观音、观世音。观音菩萨相貌端庄慈祥，经常手持净瓶杨柳，具有无量的智慧和神通，大慈大悲，普救人间疾苦。因此，观音崇拜在中国民间久盛不衰。

观世音菩萨在中国家喻户晓，妇孺皆知。

"家家有弥陀，户户有观音"，这句古今流传的俗语，就充分说明了中国民众崇敬供奉观音的盛况。在佛教中，观世音菩萨是西方极乐世界教主阿弥陀佛座下的上首菩萨，同大势至菩萨一起，是阿弥陀佛身边的服侍菩萨（修行层次最高的菩萨），并称"西方三圣"。

观音形象

观世音菩萨是梵文的意译，在中文佛典中的译名有好几种，竺法护译为光世音，鸠摩罗什的旧译为观世音，玄奘的新译为观自在，中国通用的则为鸠摩罗什的旧译观世音。唐朝时因避唐太宗李世民的讳，略去"世"字，简称观音。观世音的名字蕴含了菩萨大慈大悲济世的功德和思想。

观世音大约是在公元一世纪的三国时期传入中国的，到了六世纪各寺庙都供有观世音菩萨像。在当时，观世音还是个威武的男子。甘肃敦煌莫高窟的壁画和南北朝时的雕像，观音皆作男身，嘴唇上还长着两撇漂亮的小胡子。在我国唐朝以前观世音的像都属于男相，印度的观世音菩萨也属男相。

佛教经典记载，观音大士周游法界，常以种种善巧和方便度化众生，众生应以何身得度，即化现之而为说法，即是三十三应（一说三十二应）。在观音的诸多化身中，自然会有一些女身，其女性形象可能由此而来。以后观世音不再亦男亦女，而固定为女性菩萨，这一改变深受俗众欢迎。观音的女性形象也可能与观音菩萨能够"送子"有关，并且是大慈大悲的化身。到了北宋，中国人又创造了新的关于观音身世的故事。有一位妙庄王，生了三个女儿名妙因、妙缘、妙善。女儿都到了出嫁的年龄，大女儿、二女儿高高兴兴嫁出去了，三女儿妙善死也不肯出嫁，执意出家。庄王大怒，把妙善赶出王宫。妙善就到深山修行，成为香山仙长。后来庄王得了重病，危在旦夕，需要亲人的一只手、一只眼来做药引子。大姐、二姐都不肯作出牺牲，只有出家修行的妙善献出了自己的手眼，救了父亲的命。佛祖被其孝心感动，便赏她一千只手、一千只眼，使之成为千手千眼的观世音。

《法华经·观世音菩萨普门品》云："众生被困厄，无量苦逼身，观音妙智力，能救世间苦。具足神通力，广修智方便，十方诸国土，无刹不现身。种种诸恶趣，地狱鬼畜生，生老病死苦，以渐悉令灭。"

观音菩萨以其无限慈悲，救拔无边众生的苦恼，受到法界众生的敬仰和崇拜。

从隋唐以来，民间便形成了广泛的观音信仰，并逐渐形成了以敬奉观音为主的三个宗教节日：农历二月十九为观音诞生日，农历六月十九为观音成道日，农历九月十九为观音出家日，民间有的将这三日并称为观音菩萨圣诞。节日这天，大家聚在一起吃斋，有的地区是要先交钱给庙主做好了饭来吃，所捐的钱数目在百元以上就把你的名字刻在庙外的石碑上。每逢这三个节日，寺

院均要举行庆祝仪式，其一般祝仪是：唱《香赞》，诵菩萨名、《大悲咒》，唱《观音大士赞》《观音菩萨偈》，念观音圣号，拜愿，三皈依毕。这种仪式可以让人沐浴佛法梵音，净化心灵。

观音崇拜在中国民间历久不衰，不仅仅在寺院，在中国大多普通百姓的家里，都供着观音像，早晚一炉香，这也是对善的希望和追求。

咒语的故事

我们知道，小儿夜里啼哭不止，家人常常贴个"天黄地绿，小儿夜哭，君子念过，睡到日出"的咒符，让路人来念，这就是咒符的世俗化和民间化。咒是人们的口头语言禁忌，平时禁止使用，一旦使用，就拥有无限的神秘能力，借助自然、神灵的力量来达到目的。

急急如律令

道教咒语常常用"如律令""急急如律令""太上老君急急如律令"。这是因为道教兴起于汉代，而汉代的诏书和檄文中多有"如律令"一语，意思就是下属要严格按照法令执行，在语气上有违律必究的意味。这种申述法律、政令权威的官方套语，先是被民间巫师吸收。东汉巫师举行"墓门解除"的解除文，简单句式就是："百解去，如律令！"后来也被道教吸收并广泛应用，同时产生某些变革，主要是嵌入神仙名号，最常见的有"太上老君急急如律令""急急如太上老君律令"；有的还在后面加上"摄"、"敕"、"疾"等字眼，用来表示急急按咒执行，不得有误。

咒语的力量

咒的形成与语言的功效有关，人们用语言来招呼家禽牲畜，发现它们很听话，又用恐吓性的言辞震慑别人，发现对方很恐惧等。所以，人们联想到运用自己的语言、借助一些别的力量来控制和改变事物也是可行的。

历史上有努尔哈赤诅咒叶赫老女之事："无论此女聘于何人，寿命不会长久，毁国已终，构衅已尽，死期将至也！"

叶赫老女是叶赫部布扬古贝勒的妹妹东哥，她出生时，叶赫部的巫师曾评论说："此女可兴天下，可亡天下。"东哥依次许嫁过哈达部歹商贝勒，乌拉部布占泰（两次），建州部努尔哈赤，哈达部孟格布禄酋长，辉发部拜音达理贝勒，最后以三十三岁的大龄嫁给了东蒙古喀尔喀部达尔汗贝勒之子莽古尔岱，一年后病亡。

努尔哈赤还说："以此女故，哈达国灭，辉发国亡，乌拉亦因此而覆亡。此女用谗言挑唆诸国，致启战端。今唆叶赫，勾通明国，不将此女与我而与蒙古，其意使我为灭叶赫而启。"

先秦秦汉时期，朝廷有专门操作咒语和巫术的人，即"祝"。《左传·襄公十七年》中说，"宋国区区而有诅有祝"，意思是宋国有专门的诅咒和告祝的巫官。"祝"既有求福祝愿，也有驱邪诅咒。

《礼记·郊特牲》中说，岁末蜡祭，蜡辞为："土反其宅，水归其壑。昆虫毋作，草木归其泽。土反其宅，水归其壑。昆虫无作，丰年若土，岁取千百。"意思是：土，回到你的地方去；水，回到你的沟里去；虫，不要吃我的庄稼；草木，回到你的河边去。这实际上是对自然的"咒语"，古人企图凭借语言指挥自然，使其服从自己的愿望。

道教的诅咒之法也是从中发展起来的。

《太平经》卷五十说：

"天上有神圣要语，时下授人以言，用使神吏应气而往来也。人民得之，谓为'神咒'。"这是说，咒语是神灵秘密授予人的，包含着神吏的力量，如同供人、鬼联系的密码和暗号。

《尚书·无逸》中说"厥口诅咒"，也就是"告神明令加殃咎"之意。

民俗活动乃至日常生活都离不开咒。据《玉匣记》记载：

"小儿幼年，举步未稳，多好嬉戏，最易倾跌，或至肉破血流，无法止之。爰访有符咒止血者，极为神效，恳其传以济世。咒曰：太阳出来一滴油，手执金鞭倒骑牛；三声喝令长流水，一指红门血不流。"

符咒术在我国古代人民生活中扮演着极为重要的角色，人们以此来驱除鬼魅邪祟。

求子的崇拜——送子观音和碧霞元君

在远古时代，人们把生育现象看得非常神秘，向神灵祈予是最普遍的一种求子方式，民间虚构有主管生育的神灵、偶像，送子观音与碧霞元君即是人们企盼子嗣必拜的神灵。

送子观音俗称送子娘娘，是抱着一个男孩的妇女形象。送子观音很受中国妇女喜爱，信徒们认为，妇女只要摸摸这尊塑像，或是口中诵念和心中默念观音，即可得子。碧霞元君更是神通广大，能保佑农耕、经商、旅行、婚姻，能疗病救人，尤其能使妇女生子、儿童无恙。所以旧时妇女信仰碧霞元君特别虔诚，不仅在泰山有庙，在各地也建有许多娘娘庙。这种信仰至今仍很兴旺，人们仍不辞劳苦登上泰山绝顶，许愿还愿，向其祈祷，香火不断。

送子观音

送子观音的形象是中国佛教所创造的。

《法华经》中说：

"若有女人设欲求男，礼拜供养观世音菩萨，便生福德智慧之男；设欲求女，便生端正有相之女。"这是民间送子观音的由来。

据说，晋朝益州有个叫孙道德的人，年过五十，还没有儿女。他家距佛寺很近，景平年间，一位和他熟悉的和尚对他说：

"你真想要个儿子，一定要诚心念诵《观世音经》。"孙道德接受了和尚的建议，每天念经烧香，供养观音。过了一段日子，他梦见观音，菩萨告诉他：

"你不久就会有一个大胖儿子了。"不久，孙夫人就生了个胖乎乎的男孩。

《异祥记》中也有类似的记载：南朝宋代济阴有个名叫卞悦之的居士，行年五十，没有儿女。娶妾几年，妾也没有怀孕。卞悦之便向观音菩萨祈求继嗣，发愿诵《观世音菩萨普门品》一千遍。从此每天念经，将满一千遍时，妾已怀孕，不久便生下一个儿子。

相传，古时南京大宁坊有个叫王玉的人，年过四十无子，于友人马公酌家神前，见到一部《白衣大士神咒》，便专心致志地念起来。以后每天都念，从不懈怠。次年四月十四夜他的岳母刘氏梦见一个白衣人，头戴金冠，抱着一个婴儿，对她说：

"我给你送圣奴来。"刘氏接过婴儿，抱在怀里。第二天，她女儿即生下一个儿子，模样和梦中白衣人送来的婴孩一样，于是就为这个孩子取名"圣僧奴"。

碧霞元君

碧霞元君的来历，传说为黄帝所遣之玉女。据《瑶池记》记载：黄帝建岱岳观时，曾经预先派遣七位女子，云冠羽衣，前往泰山以迎西昆真人，玉女乃七女中的修道得仙者。还有一种传说，碧霞元君为华山玉女。但一般作为泰山女神，为泰山神之女。

据明代王之纲《玉女传》记载：

"泰山玉女者，天仙神女也。黄帝时始见，汉明帝时再见焉。"据《玉女卷》称，碧霞元君是汉明帝时西牛国孙宁府奉符县善士石守道的女儿石玉叶，修道成仙后人们尊她为泰山神女。

汉晋时早有泰山神女的故事，汉代人还在泰山顶上雕刻神女石像，在泰山极顶修建玉女池以奉祀。五代时殿堂倾塌，石像倒地，金童之像漫涣剥蚀，玉女也沦落于山顶玉女池内。宋真宗东封泰山，还回御帐，在玉女池中洗手，一石人浮出水面，此乃玉女。宋真宗于是下令疏浚该池，用白玉重雕玉女神像，命建祠并更名为"昭真祠"，遣使致祭，号为"圣帝之女"，封"天仙玉女碧霞元君"。明朝时，将昭真祠又更名为"灵应宫"，后又扩建，增大规模，为碧霞宫，赐号"碧霞元君"。道教吸收了上述信仰，认为碧霞元君受玉帝之命，证位天仙，统摄神兵天将，并照察人间一切善恶之事。

第九章　民间艺术

剪纸的习俗

剪纸又叫刻纸、窗花或剪画，是中国最为流行的民间艺术之一，常用于宗教仪式、装饰和造型艺术等方面，以表达人们对美好生活的追求。

剪纸作为一种流行于中国民间的镂空艺术，其在视觉上给人以透空的感觉和艺术享受。剪纸的载体可以是纸张、金银箔、树皮、树叶、布、皮、革等片状材料，它用自己特定的表现语言，传达出传统文化的内涵。

剪纸的由来

中国的剪纸起源于西汉。传说汉武帝的宠妃李氏去世后，武帝思念不已，请术士用麻纸剪了李妃的影像，这大概是最早的剪纸。公元105年，蔡伦改进和推广前人的经验开始大量造纸，这种镂花形式因找到了更易普及的材料从而诞生了剪纸艺术。

剪纸到南北朝时期已相当精熟，在明清以后广为流传，遍及大江南北，特别是在农村，人们以剪纸来表达吉祥如意的心愿。在春节、结婚时，便把各种寓意祥瑞的剪纸贴在窗格上，营造出喜庆祥和的气氛。古老的剪纸以剪刀剪出为主要创作手法，趣味浑朴天然，后来剪纸艺人为了省工，一刀多张，改为刻刀雕刻为主，风格转为精巧。作品取材于社会生活、风土人情，蕴含着浓郁的乡土气息。

剪纸的构图

剪纸的基本材料是平面纸张，基本语言符号是装饰化的点、线、面。由于受到材料的限制，剪纸不善于表现多层次复杂的画面内容和光影效果及物象的体积、深度和起伏，因此只有扬长避短，在构图上采用平视构图，即将物体和景象由三维空间立体形象变为二维空间平面形象，通过对表现素材进行大胆取舍，删繁就简，用简练的线条进行概括，使画面重点突出、黑白关系虚实相衬，以增强作品的表现力。

民间剪纸的构图思维不受生活惯例、题材内容的局限，将若干形象创造性地组织起来，使之产生连贯、对比、衬托的作用。这种平面化取物的表现手法，增强了剪纸的主观性、时空性、立体性、全面性，其最终目的就是为了追求造型的完整。民间剪纸的构图形式完全摒弃了焦点透视的绘画概念，不但打破了时间、空间、比例关系的限制，而且彻底离开了自然景物的特定位置，用形象的主次、对称、均衡的形式法则统一画面。同时，民间剪纸也具有一种散点式的构图方法，既将不同素材各自独立，互不交叉，甚至每个物体都有自己的透视点，而又能将这些不同素材合理地安排在同一个平面中。

剪纸的吉祥祝愿

民间剪纸善于把多种物象组合在一起，并产生出理想中的效果。无论用一个或多个形象组合，皆是以象寓意、以意构象来造型，而不是根据客观的自然形态来造型，同时又善于用比兴的手法创造出来多种吉祥物，把约定俗成的形象组合起来表达自己的心理。追求吉祥的寓意成为意象组合的最终目的之一。

在民间剪纸中，我们可以看到许多反映生产生活的画面，这些作品有着一个最大的相同点，就是对主体进行夸大，大大的鱼，大大的辣椒，大大的蚕，大大的谷粒等，通过剪纸人们虚构了美好的形象，来慰藉自己的心灵，来张扬人征服自然的伟大创造力，以期建立自己的理想世界，并肯定人的力量，鼓舞人们继续奋斗的勇气。

扭秧歌的传说

在我国的传统民间艺术中，扭秧歌可以说是深受百姓喜爱的一种活动，尤其是在东北的大街小巷，每当傍晚时分，都会有成群结对的中老年人在扭着大秧歌。那么扭秧歌这项活动是不是在古代就有了呢？它又有着怎样的传说和习俗呢？

其实在古代我国秧歌就已经产生了，一听这个名字就知道它和农业的插秧联系紧密。其实说到秧歌的由来，这里面还有个比较有意思的故事呢。

相传在北宋末年，梁山有个英雄叫董平，他在回家的途中中了官军的埋伏，结果被擒拿了。梁山的关胜、呼延灼等人一听急坏了，这时刘唐把哥儿几个叫来了，并告诉了大家一条计策。第二天刘唐率领着自己的兄弟们，乔装打扮，有的扮成了民间的艺人，有的扮成了做买卖的商贩。到了晚上在约定的时间，好汉们纷纷拿起武器冲上了街头，他们很快就冲进了监狱，救出了董平。然后大家又一起冲上街头，砸了几家店铺，抢了很多的金银珠宝，并分给了当地的穷苦百姓。梁山好汉劫赃官救济百姓的故事得以流传，每到元宵节的时候，很多人就会拥上街头，扮成梁山英雄的模样，边唱边跳，热烈地庆祝。至今山西朔州一带，仍旧流传着这样的游艺活动。这便是扭秧歌的由来。

其实，中国自古就是农业大国，农业也被认为是民生的根本，秧歌真正的起源应该与"农作舞蹈"有关。相传远古有个神农氏，神农的首领让刑天编了一首《扶犁》歌，就是用来歌颂神农氏和庆祝百姓的丰收。而在当时,很多舞蹈基本上都有农业劳动的痕迹。像在《后汉书》中即有记载,当年汉高祖刘邦为了祭祀后稷,特意编出了一套祭祀的舞蹈,整个舞蹈由十六名男童组成,他们所跳的舞蹈就跟锄田、耕种的动作类似。这就是"农作舞"了。

而到了宋代"农作舞"才渐渐演变成一种歌舞游艺的活动,在当时是叫"村田乐"。元宵节这天,表演者要身穿蓑衣、头戴斗笠,完全扮成一个农夫,然后在舞队中开始表演,在《武林旧事》中也描写过"村田乐"的演出。

而直至清朝,"村田乐"才真正变成了"扭秧歌"。清代的《新年杂咏抄》中就讲过,现今流行的秧歌就是南宋元宵节时候的"村田乐",为了博取观看人的一乐,表演的人会扮成和尚、打花鼓的、种田的、打鱼的、担货的等。从清代开始,扭大秧歌就成了风靡大江南北的一种游艺活动了。如今的秧歌,更是成为人们茶余饭后健身的娱乐活动。

秧歌的习俗

流传下来的秧歌,其实就是人们在插秧时搞的娱乐活动,流传至今,已经成了民间最为普遍的群众性游艺活动了。

在北方,扭秧歌的习俗比较多。除了最著名的东北大秧歌外,还有胶州的秧歌、陕西的秧歌和河北的秧歌。在北方,表演秧歌一般有踩高跷扭的和平地扭的。扭秧歌的人可以扮成各式各样的人物,他们手中拿着手巾、彩绸或者扇子,这样舞动起来才更好看一些,而且极为喜庆、热闹。在古代社会,一般在新年、元宵节或者是农闲的时候,大家才会上街扭秧歌。

最为出名的就是东北大秧歌,它有五大特色,这就是"扭、走、唱、扮、耍"。扭秧歌首要的就是以"扭"为主，在扭动的时候要按照一旁锣鼓点的节奏舞动，左手舞着绸子，右手舞着扇子，扭起来很有感觉。扭秧歌还得会"走场子"，也就是脚下的步伐，这要配合"扭"才能有很好的效果。在一片唢呐声之中，表演者不光要舞，口上更要会唱当地的民歌，同时身上的扮相还要吸引人，像扮个猪八戒什么的，就很能吸引过往的观众。东北秧歌还有一个特色就是"耍"，在秧歌队伍中间，常会有"跑驴"等有意思的耍宝活动。如今的东北大秧歌，再加上高跷的助阵，更是得到了民间百姓的喜爱。

陕北的秧歌也很出名。像大场秧歌，就是在广场上进行的大型秧歌游艺活动，因此更为热闹。一般有耍狮子、舞龙灯、打腰鼓等节目，尤其这个打腰鼓更是陕北民间的一大特色。还有一种小场秧歌，就是八人左右，男女搭配，男的拿扇子，女的舞绸子，结成一对来扭动。因为表现得洒脱而又柔美，故而得到了当地人们的喜爱。

秧歌传承了千年，时至今日内容和形式变得更为丰富了，虽然因为地域的差异形式略显不同，但它一直被民间当成最喜闻乐见的游艺活动之一。

艺术奇葩——中国版画

版画是中国美术的一个重要门类。古代版画主要是指木刻，也有少数铜版刻和套色漏印。独特的刀工使它在中国文化史上具有独特的艺术价值与地位。

版画有别于直接描绘的一般性绘画，它是一门间接性的绘画艺术。版画充分利用媒材的性质，通过雕刻、腐蚀、照相感光等化学或物理性质的处理制作出印版，借助印刷的方式，将图像转印到纸张、织物、金属、玻璃、合成材料等承印物上。简单地说，版画就是"印"出来的绘画。中国版画有上千年的悠久历史。

版画起源与发展

我国现存最早的版画、有款刻年月的是举世闻名的咸通本《金刚般若波罗蜜经》卷首图，根据题记，作于公元868年。唐、五代时期的版画，在我国西北和吴越等地都有发现的作品，大多古朴俊秀，内容题材以宗教经卷为主。

宋元时期的佛教版画，在唐、五代的基础上又有了进一步的发展。同一时期的套色漏印彩色版《南无释迦牟尼佛像》是我国目前发现的最早的彩色套印版画，在世界文化史上有极其重要的地位。而元代的刻本则是我国连环版画的前身。

明清两朝是我国版画发展的高峰时期，在许多文人、书商、刻工的共同努力下，版刻出现了各种流派，创作出大量优秀作品，版刻创作呈现出欣欣向荣的局面。不仅宗教版画在明代达到顶峰，欣赏性的版画也大大兴起。画谱、小说、戏曲、传记、诗词等，一时佳作如雪，不胜枚举，尤其是文学名著的刻本插图，版本众多，流行广泛，影响深远。

明清时期是版画各个艺术流派的兴盛期。以福建建阳为中心的建安派，作品多出于民间工匠，镌刻质朴。以南京为中心的金陵派，作品以戏曲小说为主，或粗犷豪放，或工雅秀丽，风采迥异。以杭州为中心的武陵派，题材开阔，刻制精美。以安徽徽州为中心的徽派以白描手法造型，富丽精工，在中国文化史上更具有深远的影响和举足轻重的地位。

木刻版画艺术

古代版画主要是指木刻，独特的刀工使它在中国文化艺术史上具有独立的艺术价值与地位。木刻版画是造型艺术中工具性较强的画种，用刀刻木不能像油画那样自由运用多层次的覆盖式的画法，以及反复地进行局部的甚至全部的修改，也不可能像中国画那样进行多次的皴、擦、点、染的描绘。版画家在创作中有精密的思考，持刀造型时，既果断，又谨慎。运用刻刀造型，以刀代笔，产生独特的力之美。单纯、强烈、鲜明的表现成为木刻艺术的特征。

木刻版画画面虽小，但创作的过程较一般的绘画复杂。木刻版画在雕刻前需要经过构图、刀法、色彩、黑白、线等的设计。画面中的一切物象，都要经过一番特定语言的翻译，这种翻译就是艺术处理，也就是把一般的绘画语言变成版画语言。

版画制作方法：刀法分阴刻和阳刻两种，即凹线显形和凸线显形。第一步，绘制版样与制作印版。第二步，分色逐次在印版上上墨，工具一般为滚筒。第三步，转印图像，起稿。

在欣赏版画近千年发展过程中留下的大量作品时，有一些艺术特点值得注意：尽可能利用对象的本色，显出木味；巧妙利用"留黑"手法，对刻画的形体作特殊处理，获得版画特有的艺术效果；发挥刻版水印的特性，让大块阳刻产生强烈的艺术效果；通过巧妙构图，以丰满密集和萧疏简淡等不同风格来衬托表现主题。

中国瓷器的代表——景德镇陶瓷

景德镇是"瓷器之国"的代表和象征，其制瓷历史悠久，瓷器精美绝伦，闻名全世界。景德镇历经元、明、清三代，成为"天下窑器所聚"的全国制瓷中心。

景德镇制陶业始于汉代，此时的陶器质量粗劣，影响有限。至唐、五代时期，景德镇陶瓷开始名扬天下。据考古发现，景德镇五代窑址分布甚广，有十八处之多，尤其是延续六七百年之久的湖田古窑址，规模最大，影响甚远。这些窑址都烧青瓷和白瓷，青的色调偏灰，白的色调纯正。此时，景德镇以其为南方最早烧造白瓷之地和其白瓷的较高成就而奠定了自己的地位，从而打破了青瓷在南方的垄断局面和"南青北白"的格局，对后世制瓷业的发展影响深远。

宋代景德镇制瓷业已呈现繁荣局面，尤以灵巧、典雅、秀丽的影青瓷而著称于世。这种影青瓷（青白瓷）是在五代烧制青瓷和白瓷的基础上烧造成功的，具有精细秀丽，清澈典雅，"光致茂美"的特点，成为我国陶瓷史上一个极其珍贵的品种，从而使得景德镇跻身于宋代名窑之林。

元代景德镇成功地烧造出青花瓷和釉里红瓷，这是两种极具特色和名贵的陶瓷品类。青花着色力强，成色稳定，纹饰永不褪脱，且风格

典雅，素净秀丽。光润透亮的青花釉与素雅明净的白胎巧妙配合，互相衬托，颇具中国水墨画之特色，并且标志着由素瓷转为彩瓷的新时代的到来。釉里红以铜红料在胎上绘画纹饰罩以透明釉在高温还原气氛中烧成，使釉下呈现红色花纹瓷器，烧成难度大，色彩艳丽，以至于到今天它还是一个极其珍贵的瓷器品类。

明代，景德镇真正成了"天下窑器之所聚"之地。除了继承前代技术并发扬光大外，还广采博收外来文化的精华，创造了许多新的品种、新的造型、新的装饰，造就了明代景德镇在全国制瓷业的中心地位。永乐时，景德镇成功地烧出了玲珑瓷，到成化年间，又造出精细的青花玲珑瓷，玲珑瓷碧绿透亮，青花青翠幽雅，融为一体，引人入胜。而创于成化时期的釉下青花和釉上多种色彩相结合的斗彩工艺，则开创了我国彩瓷的新时代。至嘉靖、万历年间在成化斗彩的基础上创出了青花五彩，改变以斗彩中仅青花是构成整个图案的决定性的主色地位，而使青花只是构成整个图案的一种颜色，青花和红、黄、绿等色处于一样的地位而没有主从之分，这就大大丰富了青花五彩的表现力，呈现出以红、淡绿、深绿、黄、褐、紫以及釉下蓝色为主突出红色的局面。

清代前期的景德镇制瓷业，无论是产品造型、装饰技法，还是装饰题材、装饰风格，都达到了"参古今之式，运以新意，备诸巧妙，于彩绘人物、山水、花鸟，尤各极其胜"的极度繁荣境界，制瓷技术几乎达到了炉火纯青、出神入化的地步，尤其是于康熙朝始创的粉彩，到雍正年间获得空前的发展，并且有"清一代，以此为甚"。但随后的"乾隆一朝"，为景德镇瓷器的"极盛时代"，亦衰落之始。

中国自古被誉为"瓷器之国"，景德镇则是其代表和象征。

两千多年的制瓷文化和技艺的深厚积淀，为景德镇奠定了举世公认的瓷都地位，景德镇瓷器"白如玉，薄如纸，明如镜，声如磬"，典雅秀丽的青花，五彩缤纷的彩绘，斑斓绚丽的色釉，玲珑剔透的薄胎，巧夺天工的雕塑，无一不是中华文化艺术的瑰宝。这些绚丽多彩的名贵瓷器，通过陆上丝绸之路、海上陶瓷之路，"行于九域，施及外洋"，为传播中华文化艺术，发挥了积极的推动作用，对世界文化的丰富和发展作出了重大贡献。

玉雕佳品——岫岩玉雕

岫岩玉雕有五千多年的历史，与中国玉的历史紧密相连，体现了中国玉文化的深厚内涵。岫岩玉雕对玉雕人物、花鸟、动物、花卉的发展产生了巨大的影响，有着本源和基石的作用。

中国玉石自古便成为人们佩戴与装饰的佳品，产于"中国玉乡"辽宁岫岩县的岫岩玉与新疆的和田玉、河南南阳的独山玉、湖北郧县的"绿松石"被称为中国"四大名玉"，岫岩玉雕也是中国人乃至世界人民喜爱的艺术品。

岫岩玉雕简介

岫岩玉，简称岫玉，因产于辽宁岫岩县而得名，为中国历史上的名玉之一。岫岩玉雕是以岫岩地区为中心而发展起来的一项民间玉石雕刻工艺。主要产品有人物、动物、花鸟、花卉等七大系列一百多个品种。岫岩玉雕长期受到北方民族民间文化的滋润，吸收了地方民间木刻、石雕、泥塑、刺绣、剪纸、影人、彩绘艺术等方面的精髓，融合渗透，以立体圆雕、浮雕为主，辅以线刻、镂、透雕等技法，逐渐形成了具有浓厚地方特点的艺术风格。其造型简练古朴，打磨光滑，气韵生动传神，颇有古辽河红山文化遗风。

岫岩玉雕的特点

岫岩玉雕技法丰富，柔环、活链为其典型工艺，难度之高，世人称绝。岫岩玉雕的素活工艺继承了中国玉器传统技法，做工以立体圆雕及浮雕为主，辅以线刻、镂刻、透刻，并有勾花、勾散花、顶撞花等手法，尤擅用剜脏去绺、因材施艺、化瑕为瑜、废料巧用、俏色巧用、螺纹组合等技法。

岫岩玉雕题材广博，继承传统，创新发展，源于生活，作品

内涵丰富，具有深厚的文化底蕴、鲜明的生活情趣和强烈的时代精神。岫岩玉雕在造型上深厚古朴而又不失典雅，严谨统一而又极富变化，可谓形神兼备，极富生气。

以玉养身

据传，各朝各代的帝王嫔妃养生不离玉：嗜玉成癖如宋徽宗，含玉镇暑如杨贵妃，持玉拂面如慈禧太后……中国古籍上称：

"玉乃石之美者，味甘性平无毒。"各家养生理论一致认为，人身有"精、气、神"三宝，"气"的使用尤为突出，而玉石是蓄"气"最充沛的物质。有些人在研究玉石养生的机理后认为，玉石含有多种对人体有益的微量元素，如锌、镁、铁、铜、铬、锰、钴等，佩戴玉石可使所含微量元素被人体皮肤吸收，产生特殊的"光电效应"聚焦蓄能，形成相当于电子计算机中谐振器似的电磁场，与人体发生谐振，从而使各项生理机能更加协调地运转。

某些玉石还有白天吸光晚上放光的奇妙物理特性。有人认为，当光点对准人体的某个穴位时，能刺激经络、疏通脏腑，有明显的治疗保健作用。位于人手腕背侧的"养老穴"，常佩戴玉镯，可以得到长期的良性按摩，不仅能祛除老人视力模糊之疾，且可蓄元气，养精神。

嘴含玉石，借助唾液所含营养成分与溶菌酶的协同作用，能生津止渴，除胃中之热，平烦闷之气，滋心肺，润声喉，养毛发，不失为玉石养生的又一途径。玉在山而草木润，玉在河则河水清，可见玉石养生有益无损。

传统工艺绝活——凤翔泥塑

凤翔彩绘泥塑是陕西省凤翔县的一种民间工艺，当地人称"泥货"。凤翔泥塑经艺人之手代代相传，逐渐成为名贯中西的民间传统工艺绝活。2006年，凤翔泥塑被列入第一批国家级非物质文化遗产名录。

凤翔古称雍州，位于陕西省关中平原西部，北枕千山，南带渭水，东望西安，西扼秦陇。这里曾是成周兴王之地，秦王嬴政创霸之区，因传说"凤凰鸣于岐，翔于雍"而得名。凤翔县境内出土的春秋战国及汉唐墓葬中均有泥塑的陪葬陶俑，可见其泥塑工艺历史之久。凤翔泥塑汲取了古代石刻、年画、剪纸和刺绣中的纹饰，造型夸张，色彩鲜艳，具有浓郁的乡土气息及较高的民俗文化、民间艺术和美学研究价值。

凤翔泥塑的由来

据说，明朝时，朱元璋军队一部中的第六营兵士屯扎于此，这个村便命名为"六营"。这些来自江西的兵士有制陶手艺，闲暇无事，就和土为泥，捏制各种形态的泥活儿当做玩具，并且彩绘示人。后来军士转为地方居民，其中部分人重操入伍前的陶瓷制作手艺，利用当地黏性很强的板板土，和泥捏塑泥人，制模做偶彩绘，然后到各大庙会出售。当地人购泥塑置于家中，用以祈子、护生、辟邪、镇宅、纳福。六营村的脱胎彩绘泥偶由此出名，并代代相传，成为我国民间美术中独具特色的精品，在国内外享有盛誉。

有灵魂的泥塑

凤翔泥塑虽脱胎于黄土，却有着自己的灵魂。民间艺人将它们塑造成千姿百态的形状，也赋予它们各种各样的面孔，它们也就有了自己的生命。当地人购泥塑置于家中，用以祈子、护生、辟邪、镇宅、纳福。

泥塑中的坐虎工艺

在数百年的历程当中，泥塑作品不断地继承和发展着，众多优秀的传统泥塑作品都得以不断传承，尤为典型的是虎的形象。

凤翔泥塑老虎，又称坐虎。坐虎前腿立后腿坐，形态极度概括，但不失虎的神韵。面部紧凑，耳朵夸大，显其威严。躯体饰以莲花、牡丹等纹饰，浓艳大方，很富有观赏性。

当初凤翔六营村的泥塑艺人从未见过虎的模样，他们却凭借自己丰富的想象，创造出了民间百姓心目中大美无边的理想老虎的形象。这所有虎的造型都与虎的原形有着很大差距，但无一不具虎的神韵和气势。

这种理想化创作是与当地的风俗相互影响着的。当地遇到小孩满月、百天、周岁，亲友们通常以坐虎相赠，置于炕头上，以表达他们对小孩长命、富贵的祝福。虎，就成了这种质朴情感的寄托。同时，受封建思想的影响，民间习俗前门贴门神，后门悬挂虎。虎，这时成为正义的化身，用以驱魔辟邪。

凤翔泥塑虎真正的制作工序很复杂，首先用和了麻丝和棉花的泥敷在模型上等它成型，然后要烧制，烧制好了要扑上白粉，等白粉干了就要用毛笔勾画，上颜色。做这样一个虎要花几天的时间。